전능의 팔찌
THE OMNIPOTENT BRACELET

김현석 현대 판타지 소설
FUSION FANTASTIC STORY

전능의 팔찌 44

김현석 현대 판타지 소설

초판 1쇄 찍은 날 § 2015년 1월 16일
초판 1쇄 펴낸 날 § 2015년 1월 23일

지은이 § 김현석
펴낸이 § 서경석

편집부장 § 권태완
편집책임 § 박은정

펴낸곳 § 도서출판 청어람
등록번호 § 제387-1999-000006호
등록일자 § 1999. 5. 31
어람번호 § 제1-2030호

주소 § 경기도 부천시 원미구 부일로 483번길 40 서경B/D 3F (우) 420-822
전화 § 032-656-4452 팩스 § 032-656-4453
http://www.chungeoram.com
E-mail § E-mail § chungeorambook@daum.net

ISBN 979-11-04-90069-3 04810
ISBN 978-89-251-2596-1 (세트)

천능의 팔찌

THE OMNIPOTENT BRACELET

44

FUSION FANTASTIC STORY

김현석 현대 판타지 소설

CONTENTS

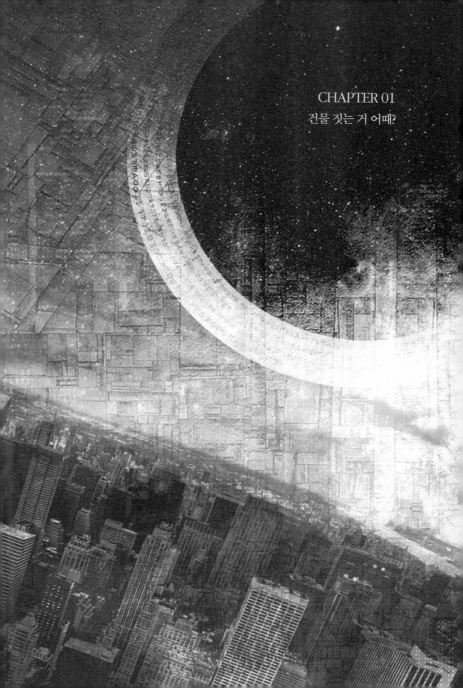

CHAPTER 01
건물 짓는 거 어때?

"왜 보자고 한 거야?"

"어, 왔어?"

현수가 들어서자 주영이 하던 일을 멈추고 자리에서 일어선다. 그리곤 곁의 캐비닛(Cabinet)에서 서류를 꺼내 온다.

"거기 앉아봐라."

"그래."

현수가 소파에 앉자 맞은편에 앉은 주영이 두툼한 서류를 내민다.

"뭐냐, 이게?"

"이실리프 그룹 현황서야. 계열사 별로 간단히 정리한다고
한 건데 하다 보니까 두꺼워졌다."

표지를 넘기니 계열사의 명칭과 현재의 관리자가 나열되
어 있다. 그 순서는 다음과 같다.

01. 이실리프 무역상사 ――― 이은정 사장

02. 이실리프 상사 ――― 민주영 사장

03. 이실리프 어패럴 ――― 박근홍 사장

04. 이실리프 브레인 ――― 이준섭 전무이사

05. 이실리프 정보 ――― 엄규백 국장

06. 이실리프 뱅크 ――― 김지윤 행장대리 전무이사

07. 이실리프 트레이딩 ――― 윌슨 카메론 대표

08. 이실리프 펠릿 ――― 김현수

09. 이실리프 우주항공 ――― 전 KAI 대표이사

10. 이실리프 스페이스 ――― 전 퍼스텍 대표이사

11. 이실리프 코스모스 ――― 전 쎄트렉아이 대표이사

12. 이실리프 메디슨 ――― 민윤서 사장

13. 이실리프 코스메틱 ――― 태청후 사장

14. 이실리프 모터스 ――― 박동현 사장

15. 이실리프 엔진 ――― 김형윤 사장

16. 이실리프 엔터테인먼트 ――― 조연 대표

17. 천지약품 ——— 이춘만 사장

18. 이실리프 솔라파워 ——— 주윤후 사장

19. 이실리프 애니멀 메디슨 ——— 민윤서 사장

20. 이실리프 저작권관리협회 ——— 주효진 변호사

21. 이실리프 콩고민주공화국 자치령 ——— 김현수

22. 이실리프 러시아 자치령 ——— 김현수

23. 이실리프 몽골 자치령 ——— 김현수

24. 이실리프 에티오피아 자치령 ——— 김현수

25. 이실리프 우간다 자치령 ——— 김현수

26. 이실리프 케냐 자치령 ——— 김현수

＊ 각 자치령 내 사업부

　　자원, 광업, 석유화학, 농산, 축산, 농장

"이실리프 펠릿은 뭐냐? 펠릿 공장?"

"천지그룹 이연서 회장님께서 천지펠릿을 네게 넘기셔서 우리 그룹에 포함된 거야."

"……!"

본인이 회사에 세운 공이 지대하다는 건 알지만 이연서 회장은 참 많은 것을 주었다.

제주도 섭지코지에 있는 유니콘 아일랜드의 별장 50채와 양평의 저택 부지만으로도 엄청난 액수이다.

그런데 상당히 많은 자본금이 들어간 천지펠릿을 아무 조건 없이 그냥 넘겼다고 하니 뭐라 할 말이 없다.

"이실리프 펠릿의 사업 영역은 보일러와 펠릿 생산 및 유통이다. 자본금 100%가 네 소유이고."

"그러냐?"

"이런 말 하면 어떨지 모르겠는데, 난 네가 참 부럽다. 끝장나는 미녀 셋을 아내로 둔 것만으로도 그런데 처조부가 재벌이니……. 아, 그렇다고 나도 너처럼 아내를 셋이나 갖고 싶다는 뜻은 아니다. 알지?"

주영은 손톱 날을 세운 은정을 떠올린 듯하다.

"짜식, 겁먹기는. 벌써부터 공처가냐, 아님 아직 젊은데 밤이 무서워진 거냐?"

"공처가는 무슨, 밤이 무서운 거다. 참, 네가 결혼식 전에 내게 준 거 있지? 보라색 나는 액체."

"…으응, 바이롯?"

그러고 보니 바이롯의 효능이 어땠는지 묻지 않을 수 없다. 푸틴과 메드베데프, 그리고 가에탄 카구지는 효과 만점이었다고 하는데 그들 모두 장년인이다.

아직 청년이라 할 수 있는 주영에겐 어땠는지 궁금하다.

"어때? 그거 효과 좋았지?"

"야! 그거 때문에 내가 이렇게 된 거야."

"으잉? 그게 무슨 소리야?"

"니가 준 그거! 그거 니 말대로 첫날밤에 먹었다. 그리고 다음 날 짐승이란 소릴 들었어."

주영은 그때를 생각하면 치가 떨린다는 표정이다.

첫날밤이 되자 주영은 현수의 말대로 바이롯을 들이켜고 침실로 들어갔다. 그리곤 그야말로 밤의 폭군이 되어 쩌렁쩌렁한 포효를 터뜨렸다.

그날 순결을 잃은 은정은 짓밟힌 백합이 되어 눈물을 흘리며 애원했다. 하지만 폭군에게 자비심이란 없었다.

주영은 밤이 꼴딱 새도록 은정을 괴롭히고 또 괴롭혔다.

날이 밝은 뒤에야 간신히 잠든 은정은 하루 종일 침대에 있다 밤이 되어서야 깨어났다.

그리곤 곧바로 각방을 선언했다.

색에 미친 짐승이랑 살다간 제명에 못 죽을 것 같으니 회복될 때까지 접근 금지를 선언한 것이다. 이때까지만 해도 주영은 스스로를 대견하게 생각하고 있었다.

신혼여행을 마치고 돌아와 둘만의 보금자리에서 맞이한 첫날 주영은 다시금 은정에게 덤벼들었다.

그런데 어찌 신혼 첫날밤과 같을 수 있겠는가!

마음의 준비까지 한 은정은 주영의 어이없는 골문 앞 헛발질이 계속되자 은정의 모친과 할머니는 몸에 좋다는 걸 다 사다 먹었다. 어서 손자를 보고 싶었던 것이다.

그럼에도 회복될 기미가 보이지 않았다. 워낙 일이 많아 퇴근하면 파김치가 되어 축 늘어진 때문이다.

실제로 주영은 격무에 시달렸는데 본인의 체력이 감당하지 못할 정도라 가끔 코피를 흘리기도 했다.

이런 상황이 길어지자 주영은 고개 숙인 남자가 되어버렸다. 그것도 이제 겨우 나이 서른에!

주영이 현수에게 꼭 회사로 다시 오라고 한 이유 중 하나가 바이롯이다. 그게 있으면 현 상황을 탈피할 수 있고, 제대로된 신혼을 만끽할 수 있을 것 같기 때문이다.

"그런데?"

"그거 좀 구해주라. 응? 그거 어디서 파냐?"

현수는 피식 웃었다. 주영의 현 상황이 일순간에 파악된 때문이다.

"그거 자주 먹으면 제명에 못 죽는데?"

"야! 그걸 어떻게 자주 먹냐? 그럼 은정 씨가 먼저 제명까지 못 산다."

첫날밤이 지났을 때 은정은 두 손을 모아 싹싹 빌기까지 했다. 그때를 떠올린 주영의 입가엔 미소가 매달려 있다.

그때뿐이었지만 강력한 왕권을 가진 전제군주라는 느낌이 든 때문이다.

"그거 시중에서 파는 거 아냐."

"그럼… 설마 이실리프 바이롯이라는 회사도 생기냐?"

주영의 얼굴에 확연히 생기가 감돈다. 그룹사에서 바이롯을 생산하기 시작하면 모든 문제가 해결되기 때문이다.

"그래볼까? 근데 부작용이 있어서……."

바이롯의 효능은 분명 탁월하다.

부작용이라면 지나친 성생활로 인한 기력 저하뿐이다.

그런데 그 정도가 조금 심할 수 있는 게 문제다. 누구나 과도한 행위를 하게 될 것이기 때문이다.

바이롯을 대량생산하여 파는 건 어렵지 않다.

킨샤사 저택 뒤쪽에 조성될 바이롯 농장의 면적은 10㎢에 이른다. 약 302만 5,000평이다.

연구소 단지로 25,000평, 관상을 위한 각종 식물 재배지 및 도로 용지 등으로 100만 평을 잡아도 순수 재배지만 200만 평이다.

바이롯은 색깔만 보라색일 뿐 모양새는 영락없는 당근이다. 이 작물은 단위면적당 수확량이 많은데 관행농사의 경우 1,000평에 20㎏짜리 700박스가 수확된다.

당근은 130g 이상을 상품으로 선별되고, 100~130g짜리는 중품, 100g 이하는 하품으로 친다.

바이롯은 크기에 비해 비교적 가벼워 하나당 125g이다.

따라서 200만 평의 농지에서 수확되는 바이롯은 약 2억 개가 될 것이다.

　평균 생장 기간이 3개월 정도라 킨샤사 농장에선 일 년에 4모작까지 하여 연간 약 8억 개 생산이 가능하다.

　이는 숲의 요정 아리아니와 가이아 여신의 신성력과 정령들의 능력이 전혀 발휘되지 않았을 때의 숫자이다.

　아리아니와 현수, 그리고 물과 불, 바람과 땅의 최상급 정령들이 개입되면 약 16억~24억 개가 생산된다.

　물론 질 좋은 유기 비료도 한몫한다.

　푸틴에게 선사해서 만족할 만한 결과를 만들어낸 것은 250ml짜리 듀 드롭 타입 스윙 병에 담긴 바이롯 15병이다.

　하나의 병에 125g짜리 바이롯 한 개를 갈아 넣었다. 이걸 이틀에 반병씩 한 달간 복용토록 했다.

　이렇게 섭취했을 경우 바이롯의 효능은 1년이다. 바이롯 약 7.5뿌리가 만들어내는 효과이다.

　총생산량이 20억 개일 경우 약 2억 6,600만 명의 사내가 떵떵거리면서 살 수 있게 된다.

　지구의 인구 70억 명을 기준으로 보았을 때 적은 숫자이기는 하지만 여자에겐 해당 없고, 아이와 노인, 그리고 혈기 왕성한 청년들에겐 불필요한 물건이다. 따라서 밤이 무서운 남자 중 상당수를 구제해 줄 양은 된다.

문제는 마나포션이다.

1인당 한 병은 복용해야 기력 저하로 인해 면역력이 떨어지는 것을 미연에 방지할 수 있다.

뿐만 아니라 이것을 복용하면 100년 묵은 천종산삼 한 뿌리를 정성스레 달여 마신 효능도 얻을 수 있다.

천종산삼 하나의 가격이 대략 1억 원 정도 하니 마나포션은 이보다 훨씬 더 비싼 값에 팔아야 한다. 천종산삼보다 더한 효능을 가진 때문이다.

게다가 마나포션의 주요 원료인 만드라고라는 쉽게 구할 수 있는 것도 아니다. 따라서 스윙 병에 담긴 바이롯 15병과 마나포션 1병을 세트로 한 가격은 최소한은 1억 5,000만 원 이상은 되어야 할 것이다.

단품으로 팔 경우는 병당 최하 2만 원 이상은 받아야 할 것이다. 심각한 부작용이 우려되는 비아그라 한 알이 1만 4,000원에 유통되는 것을 참조한 가격이다.

참고로 미국 식품의약품안전청(FDA)의 방대한 연구 보고에 따르면 비아그라를 복용한 4,000명의 남자 가운데 9명이 1~2개월 안에 사망하였다. 사망률 0.225%이다.

이러한 사망률은 기존 의약계에서 부작용이 심하다고 판단하는 기준인 0.01%보다 20배 이상 높은 수치이다.

9명의 사망자 중 7명은 관상동맥 협착증이나 심근경색증,

암 등 선행 질환을 앓고 있었지만 나머지 2명은 뚜렷한 선행 질환 없이 갑자기 심근경색증에 의한 심장마비로 사망했다.

이것에 비해 바이롯은 효능도 더 뛰어나고 기력 저하 이외엔 뚜렷한 부작용이 없다.

그러니 비아그라보다 비싼 가격에 판매되는 것이 맞다.

아무튼 하나당 2만 원씩 연간 20억 뿌리가 팔린다면 이실리프 바이롯의 총매출액은 40조 원이다.

재배 및 상품 생산에 필요한 인원은 러시아 무스크하고 까마귀 마을에서 이주한 800가구 4,000명으로도 충분하다.

가구당 평균 월수입을 500만 원으로 잡을 경우 매월 지출되는 임금은 40억 원이다. 임금 이외에 소요되는 제반 비용을 160억 원으로 잡을 경우 월 200억 원이 필요하다.

그런데 평균 월 매출액은 3조 3,300억 원 이상이다.

모든 것을 제하고도 매달 3조 3,100억 원씩 순이익이 발생되는 것이다. 그야말로 황금알을 낳는 거위가 된다.

가격을 인상하면 당연히 순이익이 커진다.

예를 들어 하나당 2만 5,000원씩 받으면 매월 4조 1,466억 원이 순이익이고, 3만 원이면 4조 9,800억 원이다.

연간 순이익은 49조 7,600억 원과 59조 7,600억 원이다. 참고로, 삼성전자의 2013년 순이익은 약 18조 원이었다.

"근데 부작용이라는 게 뭐냐?"

"먹어보고도 몰라?"

"모르겠던데? 그런 것도 있어?"

아직 기력이 왕성한 나이인지라 주영은 바이롯의 효능을 톡톡히 보았지만, 부작용은 체감하지 못한 듯하다.

"그걸 복용하면 평상시보다 횟수가 늘어나. 그러니까 다음 날이 되면 지치지. 그게 부작용이야."

"야, 그게 어떻게 부작용이냐? 그렇게 움직였으니까 당연히 그런 거지. 그런 건 신경 쓰지 말고 회사나 만들어. 야, 내가 그 회사 사장도 겸직할까?"

"미친! 힘들어 죽겠다며? 일 좀 줄여달라며?"

현수가 비아냥거렸지만 주영의 입가엔 웃음이 배어 있다.

"다른 회사는 더 못 맡아도 이실리프 바이롯 사장은 내가 겸직할 수 있다. 어서 만들기나 해라."

"어이구! 나 원 참, 제수씨가 퍽이나 좋아하겠다."

"그럼. 당연히 좋아하겠지. 안 그러겠냐?"

주영의 눈빛이 반짝인다. 조금 전엔 부족하다 여겨졌던 생기가 감돈다.

"알았다. 나중에 딴소리나 하지 마라."

"우와! 하하하! 하하하하!"

주영은 몹시 흡족한 표정으로 파안대소를 터뜨린다. 이로써 이실리프 바이롯의 설립이 확정된 때문이다.

"그나저나 계열사가 엄청 많네. 근데 맨 마지막 두 개는 아직 아냐."

이실리프 우간다 자치령과 이실리프 케냐 자치령에 관한 이야기이다.

"그래, 아직은 아니지만 곧 그렇게 될 거잖아."

현수는 대꾸 대신 고개를 끄덕였다. 자치령을 더 갖고 싶은 욕심이 나서 그런 것이 아니다.

아프리카는 제3의 대륙으로 불리고 가장 발전이 더딘 곳이다. 풍부한 자원과 너른 영토를 가졌으면서도 가장 많은 수의 빈민이 살고 있는 곳이기도 하다.

욕심만 사나운 지나인이나 유태인들이 달려들어 뜯어먹기엔 너무나 순박하다. 그러기 전에 그들이 자립할 수 있음을 보여주려는 의도가 매우 강하다.

콩고민주공화국과 에티오피아만으로도 좋은 본보기는 되겠지만 우간다와 케냐까지 그럴 수 있음을 보게 되면 아프리카의 다른 국가들도 심기일전할 것이다.

어떻게 하면 가능한지를 물어왔을 때 욕심 부리지 않고 선의를 베푼다면 한국은 멀고 먼 아프리카에 상당히 많은 우방국을 거둘 수 있게 된다.

국제사회의 일원으로서 대외적인 활동을 할 때 우방국이 많다는 것은 그만큼 큰 목소리를 낼 수 있음을 의미한다.

현수가 이런 포석을 준비하는 이유는 최종적으로 한국의 원화가 기축통화[1]가 되기를 바라기 때문이다.

무한정 찍어내는 달러화는 조만간 기축통화의 위상을 잃을 수도 있다. 어느 날 갑자기 그렇게 되면 세계적인 대공황이 도래할 것이고 그건 인류에게 재앙이다.

미국의 달러화가 기축통화로 등장한 건 1920년대이다.

그런데 1913년 연방준비은행(FRB) 창립 때와 현재를 비교해 보면 약 96%가량 가치가 하락했다.

1913년엔 1달러로 콜라를 100병 살 수 있었는데 현재는 4병만 살 수 있다는 것이다.

1933년까지는 달러를 가지고 은행에 가면 금(金)으로 바꿔 줬다. 그런데 1971년 닉슨 대통령이 금태환과 금본위제를 중지했다. 그 결과 달러화의 가치가 수직 낙하했다.

인류의 역사를 되짚어 보면 기축통화는 통상 100년을 주기로 바뀌어왔다.

달러화가 기축통화가 된 것을 1921년으로 보면 이미 94년의 세월이 흘렀다.

변환 시기가 가까워졌음을 의미한다. 따라서 달러화가 현재의 지위를 계속 유지하려면 뭔가 혁신이 필요하다.

그런데 미국은 경제를 살리기 위해 양적완화[2]라는 통화정

---

1) 기축통화(Key currency) : 국제간의 결제나 금융 거래의 기본이 되는 통화.
2) 양적완화(Quantitative easing) : 중앙은행이 통화를 시중에 직접 공급해 신용 경색을 해소하고 경기를 부양시키는 통화정책.

책을 썼다. 엄청난 액수의 달러화를 찍어내서 푼 것이다.

그 액수가 얼마인지 알려진 바 없다.

조만간 달러화의 위상에 중차대한 변화가 생길 것이라는 걸 충분히 예상할 수 있을 것이다. 물론 가치 하락이다.

문제는 엔화나 위안화 역시 그러하다는 것이다.

일본도 아베노믹스라는 미명하에 엄청난 액수의 엔화를 찍어서 풀었다. 이로 인해 엔화의 가치도 떨어졌다.

지나 역시 인민은행이 국가개발은행에 1조 위안 규모의 담보성 보완융자(PSL)를 제공하는 것을 기화로 양적완화를 시작했다.

다만 자금 공급 대상을 정부가 직접 제한하여 투기는 억제하고 실물경제 분야로 자금이 유입되도록 유도한다는 것이 특징이다.

그런데 이게 뜻대로 될 것이란 보장은 없다. 지나는 다른 어떤 나라보다 부패한 관료가 많은 곳이기 때문이다.

달러화, 엔화, 위안화를 빼고 나면 EU의 유로화가 남는다.

그런데 EU는 여러 국가의 연합체이다.

독일은 건실하지만 그리스는 망해가고 있다. 프랑스는 그런대로 괜찮지만 아일랜드와 스페인은 망가지고 있다.

유로화가 기축통화의 자리를 가지려면 EU회원국 전부 어느 정도 이상의 상태에 있어야 하는데 그러기 쉽지 않다.

2008년에 일어난 금융위기·이후 글로벌 쇼크 때 유로존도 충격을 받았다.

2014년인 현재까지 제 힘을 못 찾고 여러 나라가 재정 적자와 구제금융에 시달리는 걸 보면 유로화가 기축통화의 자리를 차지하는 건 요원한 일인 듯싶다.

어쨌거나 미국의 달러화가 기축통화로서의 위치가 흔들리게 되면 세계적인 공황이 발생될 확률이 매우 높다.

다 같이 깊은 수렁으로 빠져드는 것이다.

그 결과 3차 세계대전이 일어날 수도 있다. 수많은 사람이 죽거나 다칠 것이며, 많은 기업이 도산할 것이다.

패망하여 다른 나라에 흡수되는 국가도 있을 것이며, 사방의 적에 둘러싸여 신음하는 나라도 생길 수 있다.

이런 불행한 일이 벌어지기 전에 믿음직스럽고 든든한 화폐가 기축통화가 되어야 한다.

이실리프 자치령은 국가는 아니지만 자신만의 화폐를 가질 수 있다.

아공간 속에 무지막지하게 들어 있는 황금을 바탕으로 한 금본위제를 선택하면 충분히 기축통화가 될 수도 있다.

금보다 확실한 재산은 없기 때문이다.

최소한 남북한과 6개의 이실리프 자치령, 자치령이 위치한 나라들, 그리고 아프리카 국가만이라도 이실리프 고유 화폐로 결제가 자연스러워지면 다 망해도 살아남는다.

물론 이를 고깝게 본 다른 국가들의 공격을 예상해 볼 수도 있다. 그러기 전에 막강한 군사력을 갖추면 된다.

현수가 엘벡도르지 몽골대통령에게 이야기한 눈에 보이지 않는 스텔스 전폭기만 가져도 전쟁은 억제된다.

한국, 또는 이실리프 자치령을 공격하는 나라에 무지막지한 폭탄을 쏟아부을 수 있기 때문이다.

현수는 주영이 넘긴 서류를 면밀히 살폈다.

각각의 회사가 어떤 상황인지 상세히 기록되어 있다.

"이실리프 트레이딩은 이게 아냐. 얼마 전에 1,384억 3,200만 달러의 자본금이 더 늘었어."

"뭐, 얼마?"

"얼마 전에 1,384억 3,200만 달러. 증자했다."

"헐! 대박이다. 우리 돈으로 환산하면 얼마야? 166조 1,184억 원이나? 야, 뭔 놈의 증자를 이렇게 무지막지하게 하냐? 전무후무한 세계기록일 거다."

주영은 입을 딱 벌렸다.

어떻게 해서 이렇게 큰돈을 동원할 수 있는지 알 수는 없지만 친구인 현수의 대단함에 놀란 것이다.

"나하고 연락이 안 되는데 돈이 필요하면 이실리프 트레이딩의 월슨 카메론에게 연락해."

"그래."

"그래도 부족하면 연희나 이리냐에게 연락하고."

"둘에게도 돈을 맡겨놨어?"

돈이 또 있느냐는 표정이다.

"아직은 아닌데 곧 그렇게 될 거야."

지나 통상부와의 금괴 거래로 69조 5,620억 원 상당의 위안화가 이실리프 뱅크 에티오피아 지점에 개설된 연희의 통장으로 들어가게 될 것이다.

일본중앙은행 외환담당 팀장인 가와시마 야메히토와 체결한 금괴 매각대금 10조 4,343억 원에 해당되는 엔화는 이실리프 자치령 아와사지점에 개설된 연희의 통장으로 간다.

전자는 아와사 개발에 쓸 돈이고, 후자는 우간다와 케냐에 조성될 자치령을 위한 자금이다.

이리냐에게 있는 4,446억 1,100만 루블(16조 2,000억 원)은 러시아 이실리프 자치령 개발에 쓸 돈이다.

이것 모두 지금 당장은 쓸 일이 없겠지만 필요하면 가져다 쓰라는 뜻이다.

금액을 모두 합하면 262조 3,147억 원이다. 주영은 넋이 나간 표정으로 현수를 바라본다.

아무래도 현수는 인간이 아닌 것이 분명하다.

"야!"

"조금 많지? 아무튼 그렇게 있으니까 알고나 있어. 어실리프 트레이딩과 연희, 그리고 이리냐에겐 따로 얘기해 둘 테니까 필요하면 전화하고."

"……!"

"나하고 연락이 안 될 때 그러라는 거야. 지금처럼 연락이 되면 내게 말해. 따로 돈을 마련해 줄 테니까."

"끄으응!"

어딘가에 돈이 또 있는 것처럼 이야기한다.

보나마나 한두 푼이 아닐 것이다. 억 단위가 아니라 조 단위일 것이라는 생각이 들자 주영은 어이가 없다.

조 단위 숫자는 초등학교 4학년 수학 시간에만 듣는 줄 알았는데 이제 일상사처럼 듣게 되었다.

"참, 천지약품이 왜 이실리프 계열사 명단에 들어 있어? 이춘만 사장님하고 나하고 50 : 50인데."

"이 사장님이 자본금 비율을 조정하셨어. 75 : 25로. 니가 75이고 당신은 25이래. 그러면서 말씀하시길 벼룩도 낯짝이 있다는 말을 하면 니가 알아들을 거라고 하시더라."

"……!"

역시 착한 심성의 소유자이다. 현수는 더 말해봐야 안 들을 게 뻔하니 고개를 끄덕였다.

"덕분에 계열사 하나 늘었네."

"그치? 근데 너 이거 아냐?"

"뭘?"

"대한민국에서 유일하게 모든 계열사가 독립채산제[3]라는 거. 그리고 순환출자[4]가 전혀 없다는 거."

현수는 고개를 끄덕이곤 말을 이었다.

"또 하나 있어."

"뭔데?"

"모든 기업의 부채가 제로라는 거."

"그래, 그걸 빼먹었네. 그런 거 보면 우리 회사는 참 탄탄해. 안 그러냐?"

"당연히 그래야지. 회사 운영하면서 금융권 눈치 볼 일은 없어야지. 채권단이라면서 부리는 횡포도 있다고 들었다."

"있을 수 있겠지. 참, 이번에 사옥 짓기로 했다."

주영은 잊고 있었다는 듯 제 이마를 치고는 두툼한 서류 하나를 또 꺼내 온다.

"이실리프 그룹 단지 조성 공사?"

"그래. 계열사들이 여기저기 뿔뿔이 흩어져 있으니까 업무 협조 같은 게 가끔 잘 안 이루어질 때가 있어. 그래서 한곳에

---

3) 독립채산제(Self—supporting accounting system) : 단일 기업, 또는 공장 · 사업부 등의 기업 내 경영 단위가 자기의 수지(收支)에 의해 단독으로 사업을 성립시킬 수 있도록 하는 경영 관리 제도.

4) 순환출자 : 재벌 그룹들이 계열사를 늘리고 계열사를 지배하기 위하여 사용하고 있는 수단 중의 하나. 한 그룹 안에서 A기업이 B기업에, B기업이 C기업에, C기업은 A기업에 다시 출자하는 식으로 그룹 계열사들끼리 돌려가며 자본을 늘리는 것.

모여 있으면 좋을 것 같아 내가 기획했다."

현재 일부 계열사는 매달 임대료를 지불하는 상황이다. 주영은 그 돈도 아깝다 생각하여 기획한 것이다.

"굳이 그럴 필요가 있을까? 지금도 큰 문제는 없잖아."

"그렇지. 근데 언제고 문제가 생길 수 있으니까. 그리고 모든 본사가 모여 있자는 건 아니야. 자치령 같은 경우는 연락사무소 정도만 있으면 되잖아. 천지약품도 그렇고."

현수는 대꾸 대신 표지를 넘겼다.

주영이 이실리프 단지라 이름 붙인 곳은 이실리프 모터스와 이실리프 엔진이 자리 잡기로 한 신진도 항에서 그리 멀지 않은 태안의 한 지역이다.

본사들이 모여 있을 건물을 짓고 인근에 사원들을 위한 아파트나 빌라 등을 짓는 것을 골자로 하고 있다.

중심이 될 이실리프 빌딩은 지하 5층, 지상 55층짜리 건물 두 동이 마주 보고 있는 형태이다.

15층과 30층, 그리고 45층은 두 건물을 서로 오갈 수 있도록 구름다리로 연결하게 되어 있다.

편의상 A동과 B동으로 명칭을 정했는데 각각의 지상 층 바닥 면적은 2,000평, 지하는 2,500평이다.

따라서 연면적은 24만 5천 평이나 된다.

지하층은 벽 없이 터져 있어 자유로운 왕래가 가능하다.

주차를 고려하여 층고를 높였기에 지하층 전부 기계식 2층 주차가 가능한 구조로 짓는다고 한다.

직원들의 차량 보유가 점점 늘어날 것을 예비한 것이다.

63빌딩의 경우는 지하 3층, 지상 60층이고, 연면적은 16만 6,100㎡(5만 200평)이다.

이것과 면적을 비교하면 4.88배나 규모가 큰 것이다.

계열사 수가 점점 더 늘어날 것이므로 이를 감안했다.

어쨌거나 지상층만 총 110개 층이다. 이 중 각각의 최상층을 빼면 108층이다.

계열사 하나당 3개 층씩 배정하면 총 36개 계열사가 입주할 수 있다. 층당 2,000평이니 6,000평을 배정받으면 바닥 면적 200평짜리 빌딩 30개 층을 쓰는 것과 같다.

그런데 6개의 자치령과 천지약품, 그리고 이실리프 트레이딩은 국외가 Main이고 국내가 Sub이므로 각각 1개 층만 배정한다.

이렇게 해서 빈 지상의 18개 층은 직원들을 위한 시설이 들어선다.

CHAPTER 02
방산업체들 사들여

1층부터 55층의 중간중간엔 뷔페식 식당과 일반 식당가가 들어서 온갖 음식을 맛볼 수 있게 할 것이다. 아침, 점심, 저녁을 빌딩 내에서 다 해결할 수 있을 것이다.

호프집, 치킨집, 피자집도 있다. 노래방과 칵테일 바도 있으며, 퇴폐적이지만 않으면 단란주점도 들어갈 수 있다.

외과, 내과, 치과, 피부과, 산부인과, 안과 등 각종 병원도 들어서서 양질의 의료 서비스를 받게 된다. 당연히 약국도 포함되어 있고 동물병원도 들어선다.

우체국, 이발소, 미장원, 세탁소, 제과점, 커피숍, 꽃집, 옷

가게, 편의점, 문방구 등 근린 생활 시설 또한 들어온다.

이 밖에 수영장, 극장, 도서관, 헬스클럽 등도 들어간다.

당구장, 탁구장, 농구장, 배구장, 족구장 등도 있어 남는 시간을 활용할 수 있게 한다.

특히 어학원 등 여러 종류의 학원을 유치하여 자기계발이 이루어질 수 있도록 돕는다.

모든 다중 이용 시설에는 공기정화마법진이 설치되어 쾌적함을 느끼게 될 것이다.

지하엔 대형 할인마트가 입주된다.

세종시에 들어선 대형할인마트는 지하 2층, 지상 4층인데 건물 면적 8,485㎡(2,566평) 규모이다.

이실리프 빌딩의 지하 1층은 5,000평이나 된다. 그런데 지하 2층까지가 할인마트 및 각종 상점이 들어선다.

다시 말해 매장 면적만 10,000평이나 되는 것이다.

주차장은 그 밑에 따로 있으니 할인마트 중에서도 엄청나게 큰 규모이다. 그래서 일반 할인마트에선 소규모일 수밖에 없는 가구 매장 등도 들어선다.

이곳에서 팔리는 농산물, 축산물, 농축산 가공품은 거의 모두 이실리프 자치령에서 수확하고 가공한 것이다.

청정 자연 지역에서 유기농법으로 지은 것이니 안심하고 먹어도 된다. 게다가 값까지 싸니 이곳에서 쇼핑하는 것은 일석이조라 할 수 있다.

쉐리엔, 듀 닥터, 슈피리어 듀 닥터, 항온의류, 바이롯도 이곳에서 판매된다.

당장은 아니지만 건물 밖에는 이실리프 정유에서 직영하는 주유소도 여러 곳 들어선다.

그룹사 직원과 단지 내에 입점해 있는 상점, 병원 등의 주인 및 종업원은 리터당 300원에 휘발유가 공급된다.

2개의 최상층은 아직 용도가 정해지지 않았다. 주영은 현수 일가를 위한 공간이 되어야 하지 않나 생각 중이다.

4,000평은 너무 넓고 딱히 필요한 용도도 없기에 현수는 각계열사 사장들에게 각기 100평짜리 아파트를 제공하게 한다. 공용면적을 제하고 나면 대략 30개가 조성된다.

이실리프 빌딩에서 약간 떨어진 곳엔 대단위 아파트 단지가 들어선다. 가구원 수에 따른 다양한 평형이 있다.

계획안을 보면 거의 1만 가구나 된다.

너무 많지 않나 생각해 보았는데 어쩌면 부족할 수도 있다. 계열사가 40개로 늘고 각각 250명씩만 고용해도 10,000가구가 되기 때문이다. 그래서 인근 부지를 추가로 매입하여 미래를 대비하겠다고 기록되어 있다.

교육부에서 정한 근린 주거 지역 초등학교 설립 기준인 4,000~6,000세대의 두 배가 되므로 두 개의 초등학교가 들어서야 할 것이다.

이에 따라 유치원, 중학교, 고등학교도 있어야 한다.

대학교까지 설립하려면 엄청난 규모가 되기에 현수는 침음을 토했다.

"끄응!"

직원들을 한 군데로 모으기 위해 지불해야 할 게 너무 많은 때문이다. 그런데 이게 더 이익일 수 있다.

우선 직원들의 애사심이 남달라질 것이다. 주거지에 드는 비용이 저렴한 때문이다.

서울시 강남구 역삼동의 경우 32평형은 대략 보증금 3억 원에 월세 160만 원이다. 같은 평수임에도 학교 근처는 5억에 200만 원인 곳도 있다.

보다 저렴한 강서구의 경우는 32평형이 보증금 5천만 원에 월세 120만 원이다.

반면 이실리프 아파트의 경우는 임, 직원들에 한하여 아파트나 빌라를 무상으로 사용할 수 있다. 보증금이나 월세가 없는 것이다.

물론 재직하는 동안만 거주할 수 있다. 참고로 이실리프 그룹엔 정년퇴직이라는 제도가 없다.

어쨌든 모두 새로 지은 최첨단 아파트이다.

항온마법진이 적용되어 냉방비와 난방비 걱정을 하지 않

아도 되고, 옥상엔 태양광발전 설비가 설치되어 전기요금도 거의 들지 않는다.

요즘 유행하는 패시브 하우스[5]쯤 되겠다.

이 정도면 등을 떠밀며 다른 곳으로 이사 가라고 해도 가지 않을 것이 분명하다.

게다가 인근에 온갖 근린 시설과 대형할인마트까지 들어서 있어 지방이라는 느낌이 덜 들게 한다.

이실리프 계열사 직원이 아니면 아예 입주 자격조차 없으니 동질감을 느낄 수도 있을 것이다.

단지 내 초등학교와 중학교는 당연히 학비가 없다. 국가에서 지원해 주기 때문이다.

일반적인 고등학교의 경우는 분기별 등록금이 약 50만 원이고, 매달 급식비로 14만 원 정도를 내야 한다.

학교에서 중식과 석식을 모두 먹기 때문이다.

그러나 이실리프 고등학교는 등록금은 무료, 급식비는 5만 원이다. 석식은 학교에서 제공하지 않는다. 야간자율학습이라는 것이 없기 때문이다.

단지 인근에 대학을 설립할 경우엔 교육부 인가를 받지 않을 계획이다. 정식 인가를 받으면 학생 선발부터 교육부의 간

---

5) 패시브 하우스(Passive house) : 태양광이나 지열 등 재생 가능한 자연에너지를 이용하고, 첨단 단열공법(신소재 건축 소재 등) 등을 통해 열 손실을 줄임으로써 에너지 낭비를 최소화한 건축물. 외부로부터 에너지를 끌어 쓰거나 전환하는 것이 아니라 에너지가 밖으로 빠져나가는 것을 최대한 막는 방식.

섭을 받기 때문이다.

인가를 받지 않는다면 이실리프 아카데미는 교육부로부터 자유롭다. 학생 선발과 커리큘럼 등을 마음대로 할 수 있다.

수업료는 없지만 실력을 갖추지 못하면 수료하지 못하는 수료 정원제를 실시할 예정이다.

그래서 무사히 수료한 학생은 이실리프 그룹사에 최우선 특채 입사를 원칙으로 한다. 취업 중 군에 입대하면 제대 후 원하는 시기에 복직되도록 한다.

당연히 등록금, 입학금, 기성회비 이런 건 없다.

"괜찮은 거 같기는 한데 당장 해야 하는 거냐?"

"당장은 아니지. 부지를 매입한 뒤 토목공사도 해야 하는 등 절차가 좀 있으니까."

"계획은 좋은데 당장 급한 거 아니면 시간 날 때 천천히 보완해 가면서 했으면 좋겠다. 저질러 놨는데 상황이 변할 수도 있잖아."

"그건 그렇다. 알았어. 조금 더 치밀하게 생각해 볼게."

"한창호 건축사사무소는 어떻게 됐어? 사람들 좀 모았대? 일이 많을 텐데."

자치령뿐만 아니라 현수가 따오는 공사의 설계부터가 난항이다. 워낙 큰 것들만 따오는데 디자인 능력만으론 설계가 불가능하다. 전부 전문적인 지식이 필요한 때문이다.

하여 한창호 건축사는 요즘 눈코 뜰 새 없이 바쁜 나날을 보내고 있다. 5월 5일 결혼식 준비도 해야 하기에 정신없는 사람처럼 보일 지경이다.

이런 와중에 이실리프 단지를 설계해 달라고 하면 화를 낼지 모르겠다. 미니 신도시 하나를 완벽히 새로 조성하는 것이나 다름없는 일이기 때문이다.

"그리고 우리가 항공사를 내는 건 어떨까?"

"야, 문어발식 확장은 자제해야 하는 거 아니냐?"

주영의 말에 현수는 우려 섞인 표정이 된다. 자칫 손가락질을 받는 경우가 생길 것 같아서이다.

지금도 많이 확장되어 있으니 가급적 자제하는 것이 옳다고 생각하는 것이다.

"항공사가 아니면 우리가 비행기를 사는 건 어떨까?"

"뭔 일 있냐?"

"응! 계속해서 사람들을 파견하는데 항공권이 가끔 문제가 돼."

"무슨 문제가 있는데?"

"예를 들어 바캉스 시즌이나 연말연시엔 표를 구하기가 어렵다. 전세 내는 것도 쉽지 않고."

주영의 말처럼 이실리프 상사는 상당히 많은 사람을 콩고민주공화국으로 보내는 중이다. 곧이어 러시아와 몽골, 그리고 에티오피아 등지에도 인력을 송출해야 한다.

그런데 여름과 겨울엔 티켓을 확보하는 것이 쉽지 않다. 게다가 항공료가 비싸다.

그간 상당히 많은 티켓팅을 했기에 VVIP 대접을 받고는 있지만 불편할 때가 많다.

돈이 없는 것도 아니고 비행기를 이용할 일은 많으니 차라리 항공사를 갖는 것이 어떨까 싶은 것이다.

항로는 자치령 위주이고 파견되는 직원들이 오갈 때 쓰는 용도가 주가 된다면 기존 항공사들의 반발을 줄일 수 있다.

기존엔 없던 노선이고 이실리프 상사가 없었다면 발생되지 않았을 인력 송출이니 불만은 없을 것이다.

설사 불만이 있더라도 상관없다. 항공사들과 척지어도 손해 볼 일 하나 없기 때문이다.

현수는 하늘을 나는 5성급 호텔이라는 말로 표현되는 에어버스 A380를 떠올렸다.

대당 가격은 약 4,200억 원이며, 최대 800명까지 수송 가능하다는 것을 어디선가 읽은 바 있다.

'흐음! 장거리 여행이니 좌석 간격을 넓히면… 400석 정도가 적당하겠군.'

이렇게 단정 내릴 수 있는 것은 국안부 제3국에서 입수한 Airbus A380—800의 설계도면이 현수의 머릿속에 들어 있기 때문이다.

"항공사를 내지 말고 그냥 자가용으로 사면 어떨까?"

"자가용? 뭐, 안 될 건 없지."

조차지를 오갈 직원과 직원의 가족들, 그리고 협력 회사 사람들만 이용해도 항상 만원일 것이다. 운항 날짜를 고정시켜 놓으면 알아서 스케줄을 조정하게 될 것이기 때문이다.

"그럼 Airbus A380—800 두 대면 되겠냐?"

"에어버스를? 그거 엄청 비싼데."

"안 비싼 비행기가 있냐?"

"하긴…… 그래, 그거 두 대면 일단은 될 거다."

주영은 고개를 끄덕인다.

"에어버스 두 대하고 국내용 중형 항공기 두세 대쯤 하는 걸로 하자."

"국내용 중형 항공기? 그건 왜?"

"보잉 737이나 에어버스 A320처럼 100명 정도 탑승하는 항공기도 있어야 하지 않겠냐?"

주영은 고개를 갸웃거린다. 국내용이 필요한 이유를 알 수 없기 때문이다.

"바캉스 시즌 등 성수기에는 티켓팅이 어렵다며? 사원 복지를 위해 그런 거 두세 대쯤 가지면 좋지 않겠냐?"

"그, 그렇기야 한데 너무 과한 지출 아닐까?"

"당장 산다는 건 아니고 우리 기술로 만들어 보려고."

"······!"

주영은 진심이냐는 표정으로 현수를 바라본다.

"우리 기술로 만들 수 있으면 굳이 외국에서 안 사와도 되는 거잖아. 참, 말 나온 김에 회사 몇 개 사라."

"무슨 회사?"

"현대 로템, LIG 넥스원, 두산 DST, 대우 S&T, 삼성 테크윈, 유콘시스템, 도담 시스템스, 삼성 탈레스 등이다."

현수의 이야기를 들은 주영은 의아하다는 표정이다.

"설마 방산업체들을 몽땅 사들이라는 거냐?"

"몽땅은 아냐. 한화, 풍산, 현대중공업, STX 중공업, 기아자동차 등은 아니니까."

"뭐, 뭐 하려고?"

주영은 어서 이실직고하라는 표정으로 현수를 바라본다.

"몽골 자치령 같은 경우는 지나와 국경을 마주하고 있어. 당연히 방어를 위한 무기가 필요하잖아."

"그래, 방어용이 필요하지. 그럼 주문해서 사면 되잖아. 굳이 회사를 인수할 필요까지 있을까?"

"신문이나 인터넷에서 방산업체에서 만든 것들이 문제가 많다는 기사 못 봤냐?"

주영은 고개를 끄덕인다.

"그래, 전차 파워팩에 문제가 있다는 건 봤다."

"나는 불완전한 게 싫다. 그래서 방산업체들을 사들인 후 적절하게 체질 개선을 시킬 거야."

감사원 감사 결과 일부 예비역 장성과 영관급 장교들이 방산업체에 불법으로 취업하였다.

이들은 일주일에 이틀 정도만 일하면서도 수천만 원의 고액 연봉을 챙겨왔다.

퇴임 전에 어떤 거래가 오갔을지 충분히 짐작된다.

군수품 납품 과정에는 위조, 또는 변조된 시험 성적서를 제출하는 경우가 많았다.

K—55 자주포 커플링, 무전기 부품, 사출식 전투화, 심지어 군납 고추장 시험 성적서까지 위·변조되었다.

T—50 고등훈련기와 수리온의 부품 역시 위·변조된 시험 성적서가 제출된 바 있다.

"그래서 다 산 다음에는 어떻게 할 건데?"

"체질 개선을 시켜 몸집을 줄인 다음 생산품은 업그레이드 하도록 해야지."

"업그레이드?"

"그래. 내 좋은 머리로 더 좋은 무기를 만들 수 있도록 하겠다는 거야. 문제점이 있으면 수정하고."

"아!"

세계 최고의 IQ를 가진 현수라면 충분히 가능한 일이다. 그렇기에 주영은 크게 고개를 끄덕인다.

"내가 최대한 자금을 만들 테니까 너는 그 돈으로 방산업체들을 매집해 봐."

"알았다. 최선을 다하지."

주영은 고개를 끄덕인다.

지금의 방산업체는 국방부와 아주 긴밀해야 한다. 제품을 만들었을 때 사줄 곳이기 때문이다.

하지만 자치령 방어를 위해 생산된 것들을 우선적으로 수출할 경우는 군납을 크게 연연해하지 않아도 된다.

마음에 들면 사고 그렇지 않으면 외국에서 수입하라고 하면 그만이다. 물론 이럴 일은 거의 없을 것이다.

통폐합된 이실리프 웨폰(Weapon)에서 생산되는 제품은 가격도 저렴할 뿐만 아니라 군에서 요구하는 것 이상의 성능과 기능을 가질 것이기 때문이다.

말은 안 했지만 몽골은 지나와 국경을 맞대고 있으니 당연하고, 콩고민주공화국은 반군이 있으니 준비해야 한다.

에티오피아나 러시아는 굳이 그럴 필요까지는 없지만 그래도 사람 사는 일에는 만일이라는 것이 있다.

이들 네 개의 조차령 방어에 필요한 양이 얼마나 많겠는가! 따라서 당장은 국방부와의 관계를 고려할 필요가 없다.

물론 서로 척지지 않고 우호적인 관계를 유지한다면 보다 좋을 것이다.

"참, 아까 보니까 윤성희 비서가 내게 뭐 할 말이 있는 거 같던데, 혹시 아냐?"

윤 비서는 현수와 주영의 공동 비서이며, 주영의 아내가 된 은정의 사촌동생이다.

"그랬어? 잠깐만."

밖으로 나갔다 온 주영이 밀봉된 봉투 하나를 내민다.

"뭐냐? 이거 청첩장이냐? 혹시 윤 비서 시집가?"

"아냐. 총리실에서 네게 직접 전하라고 보낸 거래."

"총리실?"

현수는 고개를 갸웃거리며 봉투를 받았다. 겉봉을 찢고 내용물을 확인하는 현수의 얼굴이 굳는다.

"뭔데 그래?"

주영이 궁금하다는 표정을 짓자 현수가 보고 있던 것을 건넸다.

"MD 앤더슨에서 초청했으니 가보라고? 이게 무슨 소리냐? 근데 MD 앤더슨이면 혹시 미국 최고의 암센터 아니니? 근데 이걸 왜 총리실에서 전하지?"

"그러게."

현수는 MD 앤더슨이란 글자를 보는 순간 후안 오를란도

에르난데스 온두라스 대통령의 부친의 췌장암 4기를 완치시킨 일을 떠올렸다.

MD 앤더슨에서 포기한 그를 데리고 가 온두라스에서 치료해 준 것을 알게 된 것은 아닌가 싶다.

그런데 그건 아닐 것 같다.

외부로 소문이 번지면 귀찮은 일이 많을 것이니 절대 소문내지 말아달라고 신신당부했기 때문이다.

그때 아폰테 사장도 나서서 거들었다. 현수를 멀고 먼 곳까지 불러들인 것이 미안했기 때문이다.

아무튼 에르난데스는 일국의 대통령이고, 주변인들은 그를 보좌하는 인사들이다.

결코 입이 가벼울 것이라곤 생각되지 않는다.

현수가 비싼 대가를 받았다면 그럴 수도 있다. 하지만 현수는 받은 게 없다. 아폰테 사장의 부탁을 받았을 뿐이다.

그럼에도 MD 앤더슨에서 초청장이 왔다.

누군가를 정중히 초빙하고자 하면 당사자에게 직접 초청 의사를 밝히는 것이 맞다.

현수를 지목해서 와달라고 했으니 이곳 이실리프 상사나 이실리프 무역상사, 또는 천지건설로 초청장을 보내면 된다.

그런데 MD 앤더슨은 총리실에 자신들의 뜻을 밝히고 현수가 미국으로 오도록 해달라는 청을 넣은 모양이다.

현수는 이실리프 정보 1국장 엄규백과 2국장 이성원에게 문자를 보냈다. 어떻게 해서 이 초청장을 총리실에서 보냈는지를 확인해 달라는 내용이다.

　문자를 보내놓고 나니 괜스레 부아가 치민다. 총리실로부터 압력을 받은 느낌이 든 때문이다.

　하지만 내색하진 않았다. 할 일도 많은데 감정 소모까지 하고 싶지 않은 때문이다.

　"참, 희토류 원석 샘플 좀 종류별로 구해봐."

　"희토류 원석을?"

　"그래. 내가 필요해서 그러는 거니까 묻지 말고 종류별로 조금씩만 구해봐."

　"끄응!"

　주영은 침음을 토한다.

　한국은 희토류 원석을 구매하지 않는 국가이기 때문이다. 1차 내지 2차 정제된 것을 쓴다. 따라서 희토류 원석을 구하려면 외국으로 나가야 한다.

　차라리 대량 구매라면 쉽다. 돈만 주면 되기 때문이다. 소량만 구하는 것이 오히려 어려운 상황이다.

　누구에게 지시하여야 하나 생각하던 주영이 눈을 크게 뜬다. 며칠 전에 읽은 신문기사가 떠오른 때문이다.

　"야, 차라리 북한에서 구하는 게 더 쉬워."

"북한에서?"

"그래. 북한에 매장되어 있는 희토류는 말이지."

잠시 주영의 설명이 이어졌다. 다음이 그 내용이다.

세계 최대의 희토류 매장국은 지나이다. 약 5,500만 톤이 매장되어 있다고 한다.

두 번째 최대 매장국은 독립국가연합(CIS)으로 매장량은 1,900만 톤이며, 3위는 미국으로 1,300만 톤이다.

매장량이 많으니 생산량 역시 지나가 가장 많다.

지난 2010년의 생산량은 13만 톤으로, 전 세계 생산량의 97%를 차지했다. 이런 상황이기에 희토류 시장은 지나가 좌지우지하고 있는 상황이다.

일반인은 잘 모르던 희토류가 널리 알려지게 된 계기는 2010년 9월, 동지나해 일부 섬들을 둘러싸고 지나와 일본이 벌인 영유권 분쟁 때문이다.

당시 일본어 불법 조업 혐의로 지나 선원을 구금시키자 지나는 일본에 대한 희토류 수출 금지 조치로 맞섰다.

일본은 구금시킨 선원을 석방하지 않을 수 없었다. 전적으로 희토류 때문이었다.

희토류는 '첨단산업의 비타민'으로 일컫는 희귀 광물이다.

LED 모니터와 전기 모터, 배터리 등 다양한 전자제품에 활용되는 21세기 첨단산업의 필수 자원이라고 할 수 있으니 일본으로선 물러서지 않을 수 없었던 것이다.

그런데 2013년 10월, 미국의 소리(VOA)는 다음과 같은 보도를 한 바 있다.

영국계 사모펀드 SRE 미네랄스가 평안북도 정주(定州)의 희토류 개발을 위해 북한 조선천연자원무역회사와 합작 투자 계약을 체결했다.

이 계약으로 말미암아 영국령 버진아일랜드에 소재한 합작회사 Pacific Century는 향후 25년간 정주의 모든 희토류 개발권을 갖게 되었다.

계약에 앞서 SRE 미네랄스는 오스트레일리아의 광산·지질 자문업체 HDR Salva에 탐사를 의뢰한 바 있다.

그 결과 정주에 매장된 희토류의 가치는 약 65조 달러(7경 8,000조 원)인 것으로 추정되었다.

그러면서 보고서에 덧붙이길 정주가 단일 지역으로는 세계 최대 희토류 매장 지역일 가능성이 있다고 전망했다.

아울러 정주에 매장된 희토류의 양은 광물로 60억 6,497만 톤으로 추정한다. 이를 분리 정제하면 2억 1,617만 톤의 희토류를 얻을 수 있다.

SRE 미네랄스는 세계 희토류 매장량의 두 배에 이르는 엄청난 양이 북한에 매장되어 있는 것으로 파악하고 있다.

　이렇듯 엄청난 매장량을 가졌지만 북한이 SRE 미네랄스와 손을 잡은 이유는 돈도 없지만 희토류 가공 기술 수준이 매우 낮은 때문이다.

　어쨌거나 북한이 일본 등 가공 기술이 우수한 국가들과 손잡고 희토류 개발에 본격적으로 나설 경우 북한의 경제는 비약적으로 발전할 가능성이 매우 높다.

　"흐음! 그래?"

　주영의 설명을 들은 현수는 턱을 쓰다듬었다. 지나 국안부 3국에서 가져온 파일의 내용이 떠오른 때문이다.

　황해남도 청단군 덕달리 광산은 산의 정상 부근에 희토류 원광석이 집중적으로 매장되어 있다.

　평안북도 정주시 용포리의 희토류 광산은 깊은 골짜기와 비탈이 급한 산릉선[6]들로 되어 있다.

　이 보고서의 말미엔 희토류 생산으로 인해 발생되는 환경오염 문제를 해결하려면 본토보다는 북한을 개발하는 편이 낫다고 보고자 의견이 붙어 있었다.

　지나식 마구잡이 개발의 결과는 주변 계곡과 지하수까지

---

6) 산릉선(山稜線) : 여러 개의 산릉이 연속되어 만들어진 선.
　＊산릉 : 산과 언덕을 통틀어 이르는 말.

모두 오염될 것이 뻔하다.

"흐음. 희토류는 꼭 필요한 물질인데······."

현수는 잠시 턱을 쓰다듬는다.

다른 나라 사람들이 들어가 북한의 희토류를 마음껏 퍼간 다는 것이 마음에 들지 않은 때문이다.

"알았다. 희토류 샘플은 내가 알아서 구하지."

생각을 정리한 현수가 한 말이다.

"나야 고맙지. 그거 구하는 게 쉽지 않거든. 우리 회사랑은 관련 없는 거라 어찌 구할지 난감했다."

주영은 속내를 감추지 않았다.

"더 할 말 없어?"

"이제 없다. 개발에 필요한 돈을 어떻게 조달할 건지 물어 보려는 거였으니까."

"그래, 나하고 연락이 안 되는 상황에 돈이 필요하면 연희 와 이리냐에게 연락해. 작은 돈은 지현에게 연락해도 되고 이 실리프 무역상사에서 빼서 써도 돼. 그래도 모자라면 이실리 프 트레이딩에 연락하고, 그거 가지고도 안 되면 계열사들의 협조를 얻어."

"조만간 계열사 사장단 회의 한번 해야겠군."

"그래, 내게도 연락하면 나도 갈게."

"당연하지. 니가 있어야 하는 일이잖아."

"오케이! 그럼 이제 끝이야?"

주영은 흔쾌히 고개를 끄덕인다.

건물 밖으로 나온 현수는 이실리프 무역상사로 향했다.

"어서 오세요, 회장님!"

현수를 반갑게 맞이한 사람은 이은정 사장이다.

"김수진 차장과 이지혜 차장은 어디 갔나 봐요?"

"네, 납품 받은 의약품과 슈피리어 듀 닥터 등을 확인하러 나갔어요."

"다른 직원들은요?"

사무실이 휑해서 물은 말이다.

"다들 업무 때문에 나갔지요. 임소희 과장은 엘딕 때문에, 장은미 과장은 쉐리엔 때문에, 최미애 과장과 전혜숙 과장은 시장 조사를 나갔구요. 사원들은 모두 지원 나갔어요."

현수는 은정의 안내를 받아 이전의 사장실로 들어섰다. 출입구엔 '회장실' 이라는 팻말이 붙어 있다.

"잠깐만 기다리세요."

사무실 내부는 이전과 크게 달라지지 않았다. '사장 김현수' 라 쓰여 있던 아크릴 명패가 '회장 김현수' 로 바뀌었고, 두툼한 양탄자가 깔려 있는 것이 달라진 것이다.

딸깍ㅡ!

"아, 이런······. 차 안 내와도 되는데."

"무슨 말씀을······. 자주 오시는 것도 아닌데 당연히 차라도 대접해야지요. 이거 몸에 좋은 해관차예요."

"처음 듣는 이름이군요."

"해관은 혈관(管)에 맺힌 것들을 풀어주는(解) 차라는 뜻이에요. 천궁, 표고버섯, 맥문동, 구기자, 산약, 결명자, 우엉이 들어서 몸에 좋대요."

찻잔을 들어 한 모금 마시려는데 한약 냄새가 풍긴다. 고지혈증과 혈액순환에 좋은 천궁 냄새일 것이다.

후르릅—!

"흐으음!"

생각보다 향이 진하지 않고 맛도 괜찮다.

"명색이 사장인데 차를 내오는 건 아닌 거 같아요. 그러니 비서 하나 뽑으세요."

"비서요? 남들이 들으면 웃어요. 저 이제 막 대학 졸업한 나이예요. 근데 비서를 두면······."

"나이와는 관계없죠. 그리고 야근이 잦다면서요? 신혼인데 그럼 되나요? 그러니 유능한 비서를 뽑아요. 이건 회장으로서 내리는 업무 지시입니다."

"···네, 그럴게요. 고맙습니다, 아주버님."

"주영이도 일찍 퇴근하라고 할게요. 신혼은 신혼다워야 하지 않겠어요?"

"감사합니다."

현수의 저의를 알게 된 은정은 고개 숙여 감사를 표한다.

"그럼 온 김에 업무 보고 받을까요?"

"네, 잠시만 기다리세요."

잠시 자리를 비웠다 돌아온 은정은 준비된 프레젠테이션을 실시했다. 늘 준비하고 있음을 느낄 수 있는 자리였다.

이실리프 무역상사는 모든 것이 쾌청했다.

천지약품으로 보내는 의약품들은 제 날짜에 주문된 수량만큼 확실하게 납품되고 있다.

워낙 물량이 많기에 제약사들 입장에선 이실리프 무역상사가 최우선적인 고객이기 때문이다.

스피드와 엘딕 역시 차질 없이 납품되었다.

내수 판매를 늘리라는 압력을 받지만 수출이 우선이라는 회사 방침을 들어 난관을 돌파하는 중이다.

쉐리엔은 수요를 충분히 커버할 수 있어 비난을 면하고 있지만 기존의 듀 닥터와 슈피리어 듀 닥터의 경우는 늘 욕을 먹는다.

여자들의 예뻐지고 싶어 하는 욕구와 한 살이라도 어려 보이고 싶은 욕구는 듀 닥터와 슈피리어 듀 닥터의 암거래를 유발시켰다. 웃돈을 주고라도 사는 것이다.

슈피리어 듀 닥터의 경우는 세트당 115만 5천 원이 정가이다. 그런데 이보다 20%나 비싼 138만 6천 원에 거래된다.

당연히 구하기 어렵고 비싸다는 말이 나오지만 품질 만족도는 100%에 가깝다.

"펠릿은 어때요?"

"예상보다 가격 하락 폭이 커서 다행이에요. 현재 인도네시아와 말레이시아에서 들여오는 물량이 가장 많고, 러시아 연방과 베트남, 태국에서도 들여와요."

"가격이 하락했다구요?"

"네, 연초에는 톤당 평균 189.9달러였는데 많이 내렸어요. 인도네시아는 162.8달러, 말레이시아는 162.7달러예요."

괜스레 기분이 좋아진 현수는 고개를 끄덕인다.

"다행이군요. 앞으로 1~2년은 더 수입해야 하니 거래선 유지에 각별히 신경 쓰세요. 그리고 충분한 양을 확보하는 것도 중요합니다."

은정도 크게 고개를 끄덕이며 다이어리에 '1~2년', '물량 확보'라고 메모한다.

CHAPTER 03
저와 같이 일하시죠

"다른 보고 사항은요?"

"베트남 쌀 100만 톤에 대한 계약을 추진하는 중이에요."

"아, 그래요? 톤당 얼마입니까?"

"403달러까지 네고했어요. 물량이 많으니 400달러까지 가능할 것 같아요."

"그럼 4억 달러를 준비해야 하는군요."

4억 달러라면 한화로 4,800억 원이다. 어마어마한 거금임에도 현수와 은정의 표정 변화는 없다.

"회사 돈으로 준비되죠?"

"네, 가능합니다. 그간 이익이 상당히 많이 발생되었으니까요. 현재는 MMF와 CMA 계좌 등에 넣어두고 있는데 어떻게 할까요?"

"이실리프 뱅크 계좌인가요?"

"아뇨. 시중은행에 분산 예치 중이에요."

현수는 은정과 이런저런 이야기를 나누었다. 북한에 공급하는 식량과 펠릿 대금에 관한 것이다.

* * *

"반갑습니다. 그간 안녕하셨지요?"

"하하! 안녕이야 하지요. 반갑습니다, 김 회장님!"

환한 얼굴로 웃는 이는 얼마 전까지 대한민국의 국방부장관이던 오정섭이다.

여성가족부 해체를 국민투표에 붙이는 대신 본인의 자리를 내놓아 현재는 백수인 상태이다.

"앉으시죠."

"그럽시다."

오정섭 전 장관이 자리에 앉자 기다렸다는 듯 종업원이 다가온다. 우선은 차나 한 잔 달라 하였고, 잠시 침묵이 이어졌다.

하지만 그 시간은 그리 길지 못했다. 현수가 먼저 입을 연

때문이다.

"먼저 저 때문에 장관직에서 물러나시게 된 점에 대해 깊은 사과의 말씀을 드립니다."

"무슨 말씀을……. 그간 잘못되었다는 것을 알면서도 지적하지 못했는데 그럴 수 있는 용기를 준 김 회장님에게 오히려 감사드리지요."

실제로 오 장관은 여성가족부가 벌여놓은 여러 뻘짓이 마음에 들지 않았다. 만일 자신이 대통령이 된다면 하는 생각을 했을 때 가장 먼저 폐쇄 내지는 해체해야 할 조직 1순위로 여성가족부를 꼽을 정도였다.

아무튼 오 전 장관이 고개까지 숙이며 감사를 표하니 현수 역시 얼른 고개를 숙일 수밖에 없었다.

"며칠 쉬어보니 어떠십니까? 열정적으로 일하시던 분이 갑자기 쉬면 쉬이 늙거나 심심해한다는데 말입니다."

"하하! 지금 절 걱정해 주시는 겁니까?"

"그럼요. 저 때문에 백수 되셨으니 당연히 챙겨야지요."

"걱정 안 해주셔도 됩니다. 이제 연금도 나오고 하니 집사람과 여기저기 여행이나 가보려 합니다. 그간 제대로 된 나들이 한번 못 간 게 마음에 걸려서요."

"아! 그러시구나. 다행입니다. 저는 저 때문에 쉬시게 되어 걱정이 많았습니다."

"걱정해 주신 것만으로도 감사합니다. 그나저나 왜 만나자고 했는지 아직……."

오 장관은 인사치레는 이 정도면 되었고 본론으로 들어가자는 표정이다.

"방금 전에 사모님과 여행을 다니고 싶다 하셨는데 대도시나 이름난 휴양지를 찾으실 겁니까? 아니면 한적한 시골 마을 같은 곳은 어떠신지요?"

오 장관은 화제를 돌렸음에도 현수가 이야기를 이어가는 듯하자 잠시 말을 끊는다.

"…사람이 많아 북적이는 곳보다는 조금 불편하더라도 자연 그대로인 청정 지역이 좋겠지요."

오 장관은 강원도 산골짜기의 맑은 시냇물을 떠올렸다.

만물이 소생하는 봄이다. 곧 초록의 향연이 시작되는 시기인데 여행 시즌이 아니니 다녀볼 만하다는 생각을 했다.

오 장관이 바다가 아닌 산을 생각한 것은 논어에 등장하는 지자요수(知者樂水) 인자요산(仁者樂山)이라는 글귀를 늘 보아왔기 때문이다.

지혜로운 자는 물을 좋아하고 어진 자는 산을 좋아한다는 뜻으로, 처음 장교로 임관되었을 때 군인이던 부친이 일필휘지로 써준 것을 액자에 넣어 걸어두었다.

이 글을 써준 직후 부친은 지자와 인자 중 무엇이 되고 싶으냐고 물으셨다. 하여 지혜로운 자를 선택했더니 부친은 고개를 좌우로 저었다.

그러면서 다음과 같이 말씀하셨다.

"아들아, 이 애비는 네가 지자보다는 인자가 되었으면 좋겠구나. 너는 나보다 더 큰 그릇이 될 수 있다."

논어에선 이 문장 다음으로 아래와 같이 이어진다.

智者動 仁者靜 智者樂 仁者壽

'지혜로운 자는 동적이고, 어진 이는 고요하며, 지자는 늘 즐겁게 살고, 인자는 장수한다'는 뜻이다.

오 장관의 부친은 아들이 세파에 흔들리지 않으면서도 오랫동안 살기를 바랐음은 말하지 않았다.

이런 부친의 영향을 받은 오 장관은 평생토록 산으로 여행을 다녔다. 그렇기에 현수의 물음에 수풀 울창한 계곡을 떠올린 것이다.

"그렇다면 제가 좋은 곳을 추천해 드려도 되겠는지요?"

"좋은 곳이요?"

"네, 근데 너무 청정한 지역이라 제대로 된 도로조차 없는 전인미답지가 많습니다. 그래도 괜찮겠습니까?"

"호오, 전인미답지라니 흥미가 돋는군요. 어디죠? 우리나라는 아닐 것 같네요. 전인미답지가 거의 없으니 말입니다."

오 장관은 정말 흥미 있다는 표정이다. 자연 100%인 곳은 매우 드물기 때문이다.

"제가 권해 드리고 싶은 곳은 몽골에 있는 제 조차지입니다. 거의 완벽한 자연을 느끼실 수 있을 겁니다."

"아! 몽골의 이실리프 자치령이요?"

현수가 여러 곳에 대한민국 영토보다도 큰 조차지를 얻었음은 많은 사람이 알고 있다. 그렇기에 대번에 고개를 끄덕이며 알고 있다는 뜻을 표한 것이다.

"네, 저는 오 장관님을 그곳으로 모시고 싶습니다. 아실지 모르겠습니다만 이실리프 몽골 자치령은 지나와 국경을 맞대고 있습니다. 경험 많으신 오 장관님께서 그곳의 방위와 치안, 그리고 법무 부문을 맡아주셨으면 합니다."

대한민국보다도 넓은 땅의 국방장관뿐만 아니라 경찰청장과 법무장관까지 겸임해 달라는 말이다.

"방위와 치안과 법무요?"

"네, 몽골의 전임 대통령인 남바린 엥흐바야르 님께는 행정과 개발을 맡기려 합니다."

"…조차령 전체를 말입니까?"

뜻밖의 제안이기에 오 장관은 눈을 크게 뜨고 있다. 방금 전 들은 말이 사실이냐는 표정이다.

"네, 저는 두 분께서 종정감(宗正監)과 사농경(司農卿) 자리를 맡아주셨으면 합니다."

"종정감, 사농경? 그게 뭡니까?"

오 장관은 한 번도 들어보지 못했음을 시인한다.

"종정감과 사농경은……."

잠시 현수의 설명이 이어졌다.

삼국시대 이전에 존재한 가야(伽倻)의 고유 관직명인 종정 감은 법이나 규율, 감찰 등을 담당했다. 하여 '법무부+국방부 +행정자치부'를 총괄하는 직책이다.

사농경은 본디 농사에 대한 총책임자라 할 수 있다.

당시 가장 주된 산업이 농업임을 감안하면 '기획재정부+ 농림축산식품부+산업통상자원부+국토교통부'를 지휘하는 직책이라 할 수 있다.

가야엔 이 밖에 천부경(泉府卿)이란 직책도 있었다. 치수(治 水)와 조선(造船)을 담당하던 직책이다.

자치령은 국가로 인정되는 곳은 아니지만 체계 자체는 국 가와 같아야 유지된다. 다시 말해 있을 건 다 있어야 한다.

다양한 곳에서 모여든 사람들이 사는 곳이 될 테니 저마다 의 개성을 존중하면서도 치안이 유지되어야 한다.

방위 또한 매우 중요한 부문이다.

오정섭 전 장관은 이 부문에 있어 전문가라 할 수 있다.

청렴하고 올곧으며 무엇이 옳고 그른지를 분별해 내는 능력을 겸비하고 있다. 게다가 현재 백수이다.

그렇기에 단도직입적으로 제안한 것이다.

남바린 엥흐바야르 전 몽골대통령에게 맡길 행정과 개발은 어느 정도 궤도에 오르면 알아서 굴러가지만 치안과 방위는 그렇지 않다. 끊임없이 대비하는 한편 지속적인 업그레이드가 필요한 부문이다.

오 장관은 잠시 말이 없었다. 느닷없는 제안이니 어안이 벙벙할 것이다. 하여 현수가 먼저 말을 이었다.

"바다가 없으니 육군과 공군만 있을 겁니다."

당연한 이야기인지라 오 전 장관은 고개를 끄덕인다.

"방위를 위한 무기는 어떤 걸 준비할 예정입니까?"

몽골엔 방위산업이라는 것이 없기 때문이다.

"제가 KAI와 퍼스텍, 그리고 쎄트렉아이를 인수한 것 아시지요?"

"네, 압니다."

오 장관은 고개를 끄덕인다. 현수가 이들 회사를 인수한 것에 대해 이야기가 많았던 때문이다.

현재 이실리프 코스모스 등으로 명칭이 바뀐 이 회사들의 주식은 100% 현수의 소유이다.

모든 주식을 사들인 후 즉각적으로 상장 폐지를 신청했다.

아주 중요한 방산업체가 개인 소유로 바뀐 것이다.

당연히 말이 많았지만 어쩌겠는가!

이미 회사의 소유권은 넘어갔고, 법적 절차에 따라 상장 폐지된 상태이다. 국방부 관계자들의 우려 섞인 시선이 있었지만 뭐라 할 수 없는 상황이라 지켜만 보던 차다.

능동적인 투자가 이루어지고 있음을 알기 때문이다.

"KAI뿐만 아니라 로템 등 주요 방산업체들 역시 매입할 예정입니다."

"방산업체들을요?"

"네, 아마 거의 다 사들이게 될 겁니다."

현수는 크게 고개를 끄덕여 의지를 표현했다. 그리곤 곧바로 말을 이었다.

"모든 무기에 대해 혁신적인 업그레이드가 이루어질 겁니다. 이건 기대하셔도 좋습니다."

"혁신적 업그레이드요?"

"네, K—9이나 K—11 같은 국산 무기들에 어떤 문제가 있는지는 장관님께서 잘 아시지요?"

"물론입니다."

정치인과 퇴역한 장성 등에 의한 분탕질로 돈을 많이 들였지만 원하는 수준의 무기는 개발되지 않고 있다.

예를 들자면 '방산 비리의 상징' 으로 떠오른 수상구조

함(ATS-II) 통영함(3,500톤급)이 있다.

이 함정은 항해에는 문제가 없지만 바다 속 기뢰나 침몰 함정 등을 찾기 위한 HMS와 ROV 등 필수 장비를 사용할 수 없는 상황에서 해군에 조기 인도된다.

최장 3년간 핵심 장비 개선 작업을 해야 하는 상황이라는 것을 알면서도 이런 결정을 내린 것이다.

검찰은 통영함과 관련된 방산 비리를 파헤쳐 방위사업청 간부와 해군장교 출신 무기브로커, 납품업체 대표 등 7명을 구속한 바 있다.

군함 한 척 만드는 데 수많은 이권이 개입되어 있음을 확인한 것이다. 가히 복마전이라 할 수 있다.

1만 원짜리 USB를 95만 원에 구입하고, 2억 원짜리 음파탐지기는 40억 원에 구매했으니 말 다 했다.

통영함만 문제 있는 것은 아니다.

스텔스 기능을 갖춘 최첨단 함정이라는 유도탄 고속함인 조천형함은 76㎜ 주포 14발과 40㎜ 기관포 29발을 발사하다 사격 불능 상태 빠졌다.

구축함인 광개토대왕함의 전투 운영 시스템이 장착된 486 컴퓨터는 고장이 잦고, 율곡이이 이지스함은 바닷물 유입을 막는 마개가 없어 어뢰 기만탄[7]이 바닷물에 부식돼 어

---

7) 어뢰 기만탄 : 함정과 비슷한 소음을 발생시켜 적 어뢰의 탐지기를 속이는 역할을 하는 것.

뢰 방어 능력을 잃었다.

게다가 이 함정엔 꼭 필요한 탐지 능력이 없어 야간 조준 사격이 불가능한 대공 벌컨포가 배치되어 있다.

이는 야간에 넘어오는 저공침투용 AN─2를 잡아낼 수 없음을 의미한다.

오정섭 전 장관은 국방장관 시절 방산 비리를 파헤치려 은밀히 내사를 지시한 바 있다.

방산업체와 퇴역 장교들, 그리고 보급과 관련된 현직 장교들의 검은 커넥션을 파악하고자 한 것이다.

드러내 놓고 조사할 경우엔 모두가 숨어버려 제대로 된 파악을 할 수 없다 판단한 때문이다.

확인한 것은 전 방위로 부패가 만연해 있으며 매우 심각한 상황이지만 이를 제대로 파악하지 못하고 있음을 알 수 있었다. 이를 발본색원하기 위한 지시를 내릴 즈음 여성가족부 해체에 관한 국민투표가 있었다.

결국 뜻을 이루지 못하고 옷을 벗은 것이다.

오정섭 전 장관이 굳은 표정으로 고개를 끄덕일 때 현수의 말이 이어진다.

"저는 방산업체들의 통폐합을 통해 기술력 시너지 효과를 불러일으키려 합니다."

"방산업체들을 합친다고요?"

"네, 비슷한 것들끼리는 묶어야 하지 않겠습니까?"

"좋은 발상입니다."

현수의 말대로 되면 상호 보완도 가능하고, 한곳에서 개발된 기술이 다른 곳에도 접목될 수 있다.

하여 오정섭 전 장관은 크게 고개를 끄덕인다.

"그렇게 해서 모든 무기의 국산화를 시도할 생각입니다. 국방부에도 납품하겠지만 이실리프 자치령의 방어를 위해서 아주 요긴하게 쓰일 겁니다."

"그래주시면 좋지요."

혁신적인 국산 무기를 가질 수 있다면 국방력은 높아지고 미국에 대한 의존도는 떨어질 것이다.

"그런데 모든 무기라 하셨는데 어떤 것들입니까?"

"전투화부터 스텔스 전투기는 물론 우주무기까지 모두 국산화를 계획하고 있습니다."

"우주무기요?"

오 장관은 생각지도 않은 말이라는 듯 눈을 크게 뜬다.

"신의 지팡이나 신의 회초리, 또는 플라즈마 광자포에 대해 아십니까?"

"물론 압니다."

"저는 자체 방어 능력을 갖춘 유인 우주무기들을 계획하고 있습니다."

"조금 더 구체적으로 말씀해 주시겠습니까?"

공군 출신이라 그런지 관심 깊다는 표정이다.

"두 개 분대 규모의 병력이 거주할 수 있는 원반형 우주선을 생각해 보십시오."

"……!"

육군의 경우 1개 분대는 10~12명으로 이루어져 있다.

20~24명이 머물려면 작지 않은 공간이 필요하다. 그런 걸 만들어서 우주로 올린다니 놀랍다는 표정이다.

2014년 현재 미국과 러시아 등 16개국이 참여하여 건설 중인 국제우주정거장(International Space Station)이 있다.

이를 줄여 ISS라 부른다.

로켓에 실려 우주로 발사된 여러 장치가 우주 공간에서 조립되고 있는데 6개의 실험실로 구성되며, 우주인 7~10명 정도가 머물 수 있는 규모로 건설되는 중이다.

2008년 4월엔 대한민국 최초의 우주인인 이소연 박사가 이곳에 머물면서 과학 실험을 수행한 바 있다.

이에 앞서 미국은 길이 100m, 무게 300톤짜리 초대형 우주정거장 프리덤(Freedom) 개발을 계획한 바 있다.

유럽우주기구(ESA)와 캐나다, 일본과 같이 공동으로 추진할 계획이다. 하지만 수백조 원에 달하는 예산이 문제가 되어 개발은 취소되었다.

그 후 전체 규모를 축소한 것이 바로 국제우주정거장이다.

참고로 대한민국은 현재 국제우주정거장 건설 사업에서 빠져 있는 상태이다.

아무튼 ISS가 완성되면 총무게 460톤, 부피 1,200㎥, 길이 108m, 폭 74m, 태양열 전지판 120m가 된다.

그런데 현수가 생각하는 우주무기는 ISS처럼 우주에서 조립되지 않는다. 100% 지상에서 제작하고 반중력 마법을 이용하여 한 번에 띄울 것이기 때문이다.

반경 60m에 높이 5m만 되어도 약 56,520㎥짜리가 된다. 무게는 ISS보다 당연히 훨씬 더 무겁다. 축구장 면적의 약 8배에 해당된다. 참고로 축구장 면적은 7,140㎢이다.

이렇듯 어마어마한 것을 우주로 보내낼 수 있는 것은 완성 단계에 놓인 반중력 마법이 있기 때문이다.

크기와 무게에 구애받지 않으니 가능한 일이다.

이것엔 신의 회초리나 신의 지팡이 같은 우주병기는 물론이고 레일건이나 코일건 등도 갖추어질 것이다.

이것들은 방어 목적으로 사용된다.

다시 말해 누군가 한반도의 평화를 위협하거나 이실리프 자치령들을 넘볼 때에만 사용된다.

예를 들어 일본과 지나가 합작하여 남·북한을 동시에 공격하는 경우를 예상해 보자.

전쟁이 발발하면 이실리프호라 명명될 우주전함은 '이실리프의 창'이라 불리는 강력한 전자기파를 발사한다.

발사 후 1초 만에 목표 지점 반경 10㎞ 내의 모든 생명체를 말살시키는 무기이다. 면적으로 따지면 약 314㎢이다.

참고로 서울시의 면적은 605.18㎢이다.

산술적으로 계산해 보면 단 두 번의 발사만으로도 서울을 지도에서 지울 수 있다. 물론 모두 사망이다.

다음은 '이실리프 미티어'이다. 적국의 주요 군사 시설에 길이 6m, 무게 100㎏짜리 텅스텐.탄심을 떨구는 것이다.

하나하나가 핵폭발에 버금가는 위력을 보일 것이다. 가히 운석 충돌과 다름없는 파괴력이다.

둘 다 요격 불가능한 무기이니 적국으로선 속수무책이다.

같은 동안 12개 방위에 설치되어 있는 레일건, 또는 코일건으로부터 쏘아져 나간 탄두들은 적국이 발사한 탄도미사일 등을 요격한다.

다음은 적국으로부터 발진한 전투기 사냥이다.

지나가 보유한 2, 3, 4세대 전투기와 공중급유기, 조기경보기 등 전투항공기 5,200대가 동시에 떠도 모조리 떨굴 수 있다.

직경 1㎝짜리 텅스텐 구슬이 산탄총에서 쏜 것처럼 탄막을 형성하며 머리 위에서 쏟아져 내릴 것이다. 너무나 빠르고 작아서 요격 불가능하며 도주 역시 불가하다.

다음은 텅스텐 탄알로 의한 적국의 모든 위성을 쓰레기로 만드는 것이다. 파괴된 쓰레기는 메탈 계열 마법으로 끌어들여 하나로 뭉친 후 바다에 떨어뜨리면 된다.

이것만으로도 적국의 모든 도발 의지를 확실하게 잠재울 수 있을 것이다.

이 과정에서 일본의 주요 도시인 도쿄와 오사카, 그리고 나고야에 이실리프의 창을 사용할 경우 약 5,200만 명이 말살된다.

전체 인구 1억 2,700만 명의 40%가 사라지는 것이다.

앞으로 한국으로 하여금 참을 수 없게 할 경우 그간 수없이 한반도를 침탈하였고, 계속된 영토 야욕을 보인 자들에 대한 적절한 처벌이 될 것이다.

2014년 현재 지나의 인구 1,000만 이상인 도시는 13개로 다음과 같다.

중경 2,884만, 상해 2,301만, 북경 1,961만, 성도 1,404만, 천진 1,293만, 광주 1,270만, 보정 1,119만, 합이빈 1,063만, 소주 1,046만, 심천 1,035만, 남양 1,026만, 석가장 1,016만, 임기 1,003만 명이다.

총 1억 8,421만 명이다.

지나 인구 전체에 비하면 적은 숫자이기는 하지만 대한민국과 일본 국민 전부를 합친 것보다 많다.

이들 전부 비슷한 시기에 저승의 고혼이 될 수 있다.

조금 더 광범위하게 무기를 써서 인구 서열 30위에 해당되는 남경까지 이실리프 미티어의 혜택을 입는다면 추가로 1억 4,612만 명을 지구의 인구수에서 뺄 수 있다.

대도시 30개가 사라지면서 약 3억 3,000만 명이란 인구가 줄어들면 지나는 당나라 시절로 되돌아가야 할 것이다.

이 역시 한반도를 끊임없이 괴롭힌 것으로도 모자라 동북공정을 획책하는 자들에 대한 적절한 징벌이다.

아무튼 이런 상황은 이실리프호가 완성되고 지나와 일본이 동시에 한반도를 노릴 때 벌어질 것이다.

"김 회장님, 우주전함을 우리 힘으로 쏘아 올리는 것이 정말 가능한 겁니까?"

오정섭의 눈빛이 조금 더 강렬해진 느낌이다.

"우리 힘이 아니라 제 능력입니다, 장관님."

"아!"

오정섭 전 장관은 또 고개를 끄덕인다. 그가 공군에 어떤 혜택을 주었는지 잘 알기 때문이다. 이때 현수의 말이 이어진다.

"다른 나라들은 로켓을 쓰지만 저는 완전히 새로운 방법으로 이실리프호를 우주로 보낼 겁니다."

"어떤 방법인지 혹시……."

극비가 될 수도 있기에 말끝을 흐린다.

"반중력이라는 말은 들어보셨는지요?"

"그, 그 기술이 완성된 겁니까?"

반중력[Antigravity]은 중력과 반대인 성질을 말한다.

중력에 대해 반작용하는 힘이라기보다는 중력을 차단하거나 제어하는 힘으로 쓰이는 경우가 많다.

영국의 작가인 허버트 웰스(Herbert George Wells)가 저술한 '달세계 최초의 인간' 이란 소설에 나온 반중력 합금 '케이배릿' 이 그 시초이다.

이에 대한 광범위한 연구가 진행되었으나 인류는 반중력을 제어할 기술을 확보하지 못한 것으로 알려져 있다.

공군 출신인 오정섭은 미국 등지에서 반중력에 관한 연구가 지속적으로 이어지고 있음을 들어본 바 있기에 눈을 크게 뜬다.

"한 95%쯤 완성되었습니다. 나머지는 차분히 연구할 시간만 있으면 충분히 가능하다 여기고 있습니다."

"아, 그래요? 정말 대단하십니다."

오 전 장관은 크게 고개를 끄덕인다. 현수가 인류 최고의 두뇌를 가졌음을 알고 있으니 추호도 의심하지 않는다.

"그러니 몽골의 이실리프 자치령을 맡아주십시오. 여기서 국방부장관을 하는 것보다 훨씬 더 속이 편하실 겁니다."

현수의 말처럼 대한민국에서 국방부장관직을 수행하는 것보다 훨씬 더 마음이 편할 것이다.

여당과 야당의 치열한 권력 다툼도 없을 것이고, 추진하려는 일에 딴죽을 걸고 나설 세력 또한 없다.

자치령 발전에 저해되는 요인이 발생되면 언제든 제거하면 그만이다. 목숨을 빼앗는 게 아니라 추방을 의미한다.

사법부는 삼권분립 정신에 따라 합당한 지위를 부여해도 스스로 권력의 시녀가 된다. 그렇기에 따로 사법부를 두지 않고 자신이 제어하도록 했다.

무엇이든 신속하게 결정할 수 있고 즉각적인 대처가 가능함을 의미한다. 어떤 면에선 무소불위의 권력을 가진 것이나 다름없다.

자치령은 절대왕권으로 유지되는 왕국과도 같은 곳이다. 모든 토지와 자원에 대한 소유권이 100% 현수에게 있으며, 법령과 규제를 만들고 삭제할 권리 또한 그에게 있다.

그러므로 현수가 적극적으로 밀어주거나 권한을 위임하면 그야말로 뜻대로 일을 추진할 수 있다. 당연히 한국 국방부장관직을 수행하는 것보다 훨씬 편할 것이다.

"…알겠습니다. 능력은 부족하지만 최선을 다하겠습니다."

말을 마친 오 전 장관은 자리에서 일어나 깊숙이 허리를 숙인다. 아직은 아무것도 없는 허허벌판일 뿐이지만 현수의 기술과 의지, 그리고 자본이 더해지면 완전한 새 세상이 만들어질 수도 있음을 알기에 수락한 것이다.

오정섭 전 장관은 남바린 엥흐바야르 전 몽골대통령과 협력하여 새 세상을 만들어보라는 제안이 고맙다.

그렇기에 현재의 한국 대통령으로부터 장관직을 제수받을 때보다 허리를 더 깊숙이 숙였다.

현 대통령의 권력은 2018년 2월 25일까지만 유효하다.

새로운 대통령이 선출되면 기존 정권의 각료들은 경질되게 마련이므로 여성가족부 해체 사건이 없었다 하더라도 2018년엔 장관직에서 물러나야 한다.

현수의 제의를 받아들일 경우 이런 것과 완전히 무관해진다. 200년간 유효한 권력이기 때문이다.

대통령처럼 선출직도 아니며 자치령에 거주하는 사람들로부터 탄핵을 받을 대상도 아니다.

현수는 자치령의 존재와 불가분의 관계이기 때문이다.

아무리 현수가 마음에 안 들어도 권좌에서 끌어내릴 수 없다. 그럴 경우 자치령의 존재가 무효가 되기 때문이다.

따라서 현수는 절대 권력을 가진 왕이다. 사람을 함부로 죽일 수는 없으니 마음에 안 들면 내보내면 된다.

추방된 인물과 그 일가친척 어느 누구도 받아들이지 않는다면 반란 같은 것도 일어나지 않는다.

어쨌거나 한 번 임무를 부여하면 웬만해선 경질되지 않을 것이다. 모든 걸 새롭게 정립시켜야 하는 상황이라 일은 고될지 모르지만 성취감을 느낄 수 있을 것이며 그 결말까지 지켜볼 수 있을 것으로 예상된다.

그렇기에 왕으로부터 영의정직을 제수받는 신하처럼 허리를 깊숙이 숙인 것이다.

"앞으로 김 회장님을 뭐라 불러야 합니까?"

"그건… 생각해 보지 않았습니다. 저에 대한 호칭은 나중에 이야기하죠."

"알겠습니다. 그곳으로 제가 필요로 하는 사람들을 데려갈 수는 있는 겁니까?"

"의중에 있는 분들은 어떤 분들이지요?"

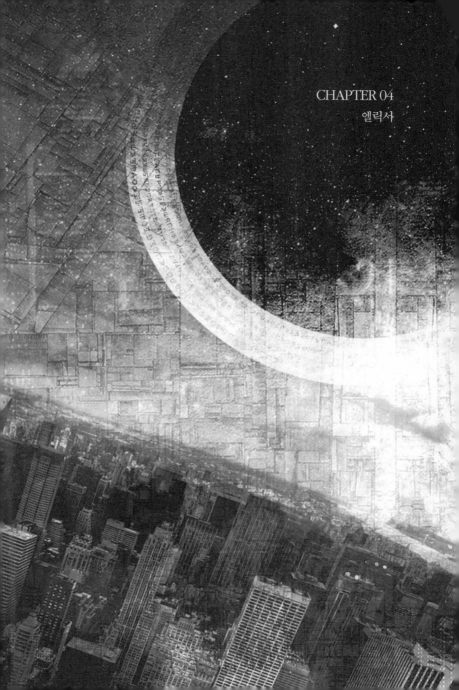

CHAPTER 04
엘릭서

"우선은 김성률, 강병훈, 송지호입니다."

김성률은 공군참모총장이고, 강병훈은 해군참모총장이며, 송지호는 육군참모총장이다.

"아, 3군 총장님들 모두 예편하신답니까?"

"여성가족부 해체 건을 주도적으로 제의했으니 아마 오래 버티지 못할 겁니다."

국방부장관의 전격적인 사퇴 이후 3군 참모총장까지 갈아치우면 지휘 계통에 문제가 생기므로 현재는 직을 유지하고 있지만 조만간 퇴역한다는 의미이다.

"그분들은 제가 따로 쓰면 안 되겠습니까?"

"그게 무슨……?"

"김성률 총장님은 에티오피아, 강병훈 총장님은 콩고민주공화국, 그리고 송지호 총장님은 러시아 자치령의 개발책임자로 모시는 건 어떨까 생각하는 중입니다."

"아, 그렇다면……. 네, 그렇게 하십시오."

오 전 장관은 흔쾌히 고개를 끄덕인다.

3군 참모총장의 능력이라면 방금 말한 자치령의 방위 및 치안 등을 충분히 감당할 수 있다 생각한 때문이다.

"그 세 분을 제외하고는 누구든 데려가실 수 있습니다. 다만 광신자와 특정 사이트의 회원들은……."

현수는 자치령에서 결코 받아들이지 않을 사람들에 대해 이야기했다. 이런 건 분명히 해야 하기 때문이다.

오정섭은 현수의 말을 메모하면서 고개를 끄덕이며 동의를 표한다. 모두 맞는 말이기 때문이다.

특정 종교의 일부 몰지각한 신자들과 사이비 종교의 신자들, 그리고 특정 사이트의 회원들은 심각한 사회적 물의를 일으킨다. 이들을 받아들이면 자치령에서도 반목과 분열 같은 일들이 반복되니 당연히 데려갈 수 없다.

그리고 친일파의 후손들도 받아들이지 않는다. 혜택을 줄 아무런 이유가 없기 때문이다.

문제가 있는 본인은 물론이고 그 가족들까지 받아들일 수 없으며, 어느 누가 초청을 하든 영구히 자치령에 발을 들여놓지 못하게 해달라는 주문을 받았다.

단순한 방문과 관광까지 금지된 것이다.

아울러 자치령엔 일체의 종교 시설이 허락되지 않음을 분명히 했다. 개신교, 천주교, 불교, 이슬람교, 힌두교 등 어떠한 종교도 발붙일 수 없다.

누구든 전교행위를 하거나 종교시설을 조성하려 하면 즉각 추방됨을 사전에 명확히 인지시켜 줄 것을 요구한 것이다. 다만 본인의 거주지에서 본인과 그 가족만으로 이루어진 종교활동은 허가한다 하였다.

오정섭은 우려를 표하면서도 고개를 끄덕인다. 종교의 폐해를 어느 정도 짐작하기 때문이다.

"남바린 엥흐바야르 전 몽골대통령님은 행정수반을 맡아달라고 할 것이고, 오 장관님께는 통령직을 맡기겠습니다. 두 분은 서로 대등한 위치에서 자치령 개발에 대한 전권을 가지게 될 겁니다."

"제가… 통령이요?"

대통령에서 대 자만 뺐으니 대통령급이란 이야기이다.

"네, 통령으로 모시겠습니다. 수락하실 거죠?"

오 장관은 잠시 대꾸가 없었지만 이내 고개를 끄덕인다.

"알겠습니다. 제게 중대한 임무를 주신 것에 대해 깊은 감사를 드립니다. 정년퇴임하는 그날까지 최선을 다할 것을 약속드립니다."

오 통령은 옷을 여미며 다시 한 번 정중히 고개를 숙인다.

"에구, 자치령엔 정년퇴직이란 게 없습니다. 그래서 아주 오랫동안 일해주셔야 합니다."

"네?"

"대신 무병장수하도록 돕겠습니다."

"……?"

무슨 소리냐는 표정이다. 앞으로 많은 부분을 터야 하는 사이이다. 하지만 극비가 될 수 있기에 현수는 잠시 말을 끊었다. 그러나 그 시간은 그리 길지 않았다.

"엘릭서라는 말을 들어보셨는지요?"

"엘릭서라면… 혹시 만병을 통치한다는……."

자신의 기억이 맞는지 확실하지 않다는 표정이다. 이에 현수는 크게 고개를 끄덕이며 말을 잘랐다.

"네, 맞습니다. 최근 들어 엘릭서에 버금갈 신약이 만들어졌습니다. 다만 극히 소량밖에 생산되지 않았습니다."

현수는 미리 준비한 회복포션과 마나포션을 각기 두 병씩 꺼내놓았다.

"내일 사모님과 함께 정밀건강검진을 받으십시오. 모든 검사를 마치고 나서 이걸 드십시오. 그리고…….”

오 통령은 회복포션과 마나포션을 번갈아 보면서 현수의
이야기를 경청했다.

엘릭서는 소설책에서나 존재하는 물질이기 때문이다.

다음 날 오 통령은 아내와 함께 1차 정밀건강검진을 받는
다. 검사할 수 있는 모든 종목에 대한 검사이다.

그 결과 오 통령은 전립선에 문제가 있으며, 간 기능 저하
와 심각한 고지혈증, 그리고 고혈압과 동맥경화 초기 증상이
있음을 알게 된다. 뇌혈관에도 약간의 문제가 있다.

놔두면 간경화, 동맥경화, 뇌졸중 등으로 말년이 편치 않을
확률이 매우 높은 상태라는 진단을 받은 것이다.

오 통령의 아내는 유방암 2기 진단을 받으며, 자궁경부 상
피 내에 다수의 종양이 있고, 신장 기능이 심각하게 저하되어
있다는 판정을 받는다.

이 밖에 즉각적인 조치가 필요한 고지혈증이 있음을 알게
되었고, 당뇨병에 걸려 있음도 통지받는다.

둘 다 전형적인 성인병 증세를 앓고 있었지만 드러난 증세
가 없어 이를 모르고 있었던 것이다.

깜짝 놀란 부부는 2차 정밀건강검진을 받는다.

그 결과는 100% 양호 판정이다.

이는 1차 정밀검진을 받고 사흘 뒤 회복포션과 마나포션을

복용한 결과이다.

오 통령은 현수가 이야기한 엘릭서가 실존함을 깨닫고는 크게 고개를 끄덕였다.

흥분한 아내가 어찌 된 영문인지를 물었지만 오 통령은 끝내 입을 다물었다. 아내의 입을 통해 산지사방으로 소문날 수 있음을 알기에 보안을 유지한 것이다.

＊　　　＊　　　＊

"여러분을 뵈니 좋군요. 제가 누군지는 아시죠?"

"네에!"

KAI 강당을 가득 채운 연구원들의 나이는 제각각이다.

현수보다 어려 보이는 사람도 많고 누가 봐도 환갑은 물론이고 진갑까지 훌쩍 넘긴 노교수도 많이 보인다.

이들의 공통점은 모두가 상당히 똑똑한 사람이라는 것이고, 새파랗게 젊은 현수에게 시선을 모으고 있다는 것이다.

그런데 어느 누구도 깔보는 눈빛이 아니다.

현수의 겉모습은 스물다섯으로 보이지만 실제론 서른 살이며, 재벌의 계열사 사장이면서 본인의 사업체를 여럿 가진 성공한 사업가라는 것을 알고 있기 때문이다.

사업체 중엔 자신들이 재직 중인 KAI가 포함되어 있음도 알고 있다. 다시 말해 고용주이다.

하지만 그보다는 현수의 두뇌가 자신들보다 월등함을 알기에 흠모의 빛을 띠고 있다.

특히 아무도 풀어내지 못하던 여섯 개의 수학 난제를 명쾌하게 풀어낸 실력과 페르마의 마지막 정리를 새로운 각도에서 접근하여 간단하게 증명해 낸 것에 대해 깊은 인상을 받았다.

그래서 현수는 8월 13일부터 21일까지 개최될 세계수학자대회에서 역사상 처음으로 필즈상과 가우스상, 그리고 네반린나상과 Chern 메달을 수여받을 확률이 매우 높다.

이번 대회는 이례적으로 현수가 풀어낸 6대 난제와 페르마의 마지막정리를 새롭게 해석한 것을 중점으로 이루어질 예정이다. 혜성처럼 나타난 수학 천재를 돋보이게 하는 유례없는 자리가 되는 것이다.

과학의 근본은 수학이다. 수학이 뒷받침되지 않은 과학은 과학이라 할 수 없다. 그렇기에 각기 전공 분야가 다르지만 현수를 흠모의 눈빛으로 바라보고 있는 것이다.

"제가 여러분 앞에 선 것은 KAI와 퍼스텍, 그리고 쎄트렉아이의 회사명이 바뀌었음을 알리려는 의도만 있는 것은 아닙니다. 다들 나눠 드린 직원신분증 패용하고 계시지요?"

"네."

"그 신분증이 겉보기엔 평범하지만 사실은 특수한 기능이 있습니다. 혹시 경험하신 분이 계신지 모르겠는데 왠지 상쾌하다는 느낌을 받지 않습니까?"

"......!"

모두가 동시에 흠칫거린다.

개인차는 있지만 모두들 직원신분증을 패용한 이후 뭔가 달라졌다는 느낌을 받았기 때문이다.

그게 뭔지는 말로 표현하기 힘들다.

어떤 이는 늘 묵직하던 뒷머리가 개운해지는 느낌이고, 어떤 이는 지긋지긋하던 편두통이 사라졌다.

전에는 복잡한 계산을 마치고 나면 다소 지친다는 느낌이었는데 요즘엔 안 그렇다.

어떤 이는 예전보다 연산 능력과 추론 능력이 확실히 나아진 것 같은 느낌을 받기도 했다. 그래서 아주 어렵게 꼬여 있던 문제가 조금은 쉬워지기도 했다.

이는 브레인 리프레쉬 마법진 때문이다.

물론 눈에 보이지 않는다. 퍼펙트 트랜스페어런시 마법으로 감춰둔 때문이다. 이는 연구원 등의 두뇌를 최상의 상태로 유지시켜 보다 나은 결과를 얻기 위함이다.

직원신분증에는 이것 이외에도 앱솔루트 피델러티 마법진도 그려져 있다. 절대적인 충성을 받기 위함이 아니라 배반을 막기 위함이다.

지난 2007년, 국내 기업이 세계 최초로 개발한 '와이브로(WiBro)' 기술을 해외로 유출하려던 일당이 붙잡혔다.

이 기술은 이동하면서도 초고속 인터넷을 이용할 수 있는 인터넷 기반의 차세대(4세대) 핵심 통신 기술이다.

이를 넘기고 받으려던 금액은 고작 1,800억 원이다.

당시엔 이것이 해외 업체로 넘어갔을 경우 기지국 등 관련 장비 수출에 지장을 초래해 약 15조 원의 피해가 발생했을 것으로 추산했다.

이런 일을 미연에 방지하기 위해 직원신분증에 절대충성 마법진을 그려 넣은 것이다.

아울러 위기 상황에 닥쳤을 때 연구원들의 신변을 보호할 체인 라이트닝 마법진도 그려져 있다.

고급 인력이니 당연히 보호하기 위한 목적이다.

마지막으로 슬립과 텔레포트 마법진도 그려져 있다.

체인 라이트닝 마법이 구현되는 순간 즉시 잠이 들고, 곧바로 이곳 KAI의 강당으로 옮겨지게 한 것이다.

깨어나면 어리둥절하겠지만 어쩌겠는가!

연구원 보호가 우선이다.

"여러분께서 패용하고 있는 신분증은 특수한 약물 처리가 되어 있습니다. 무색, 무취하여 느끼지 못하셨지요?"

"네."

모두들 대답하며 자신의 신분증을 들어 본다. 냄새를 맡아 보는 사람도 있다. 이때 현수의 말이 이어진다.

"제가 개발한 그 약물은 두뇌를 상쾌하게 유지시켜 주는 기능이 있습니다. 여러분의 연구에 도움이 될까 싶어 처리한 것이니 가급적 몸에서 떼어놓지 않기를 바랍니다."

"네."

자신들에게 이로운 것이라니 당연하다는 듯 고개를 끄덕인다. 절대충성 마법이 구현되는 중이니 아마도 목욕할 때를 빼놓고는 늘 패용할 것이다.

아무튼 현수는 연구원들의 면면을 다시 한 번 둘러보았다.

"오늘부터 저는 각 부서를 돌아볼 것입니다. 이곳에 오기 전에 여러분의 전공 서적들을 읽고 나름대로 정리해 둔 것들이 있으니 도움이 될 것으로 사료됩니다."

"……!"

KAI에 재직 중인 연구원들의 전공은 전자공학, 전기공학, 컴퓨터공학, 계측제어학, 물리학, 기계공학, 항공역학 등 그야말로 다양하다.

그런데 그런 모든 전공 서적을 읽은 것처럼 이야기하니 모두들 뭔 소린가 하는 표정이다.

아무리 천재라 하더라도 불가능하다 생각하기 때문이다.

"여러분이 듣기엔 제가 잘난 척하는 것처럼 보이겠지만 저와 직접 대면하면 달라질 것이라 장담합니다. 이렇게 여러분을 뵈었으니 이제 순서에 따라 각각의 연구실을 방문하겠습니다. 제가 방문하는 동안 한 사람도 빠지지 마시고 자리를 지켜주시기 바랍니다."

"······!"

모두들 말이 없다. 어이가 없어서이다.

이곳에 모여 있는 사람들 대부분이 박사 학위 소지자이다.

학위를 받으려면 상당히 많은 전공 서적을 읽고 그 내용을 이해하며 새로운 것을 구상해 낼 능력이 있어야 한다.

그런데 각 분야의 전공 서적 몇 권을 읽고는 다 아는 것처럼 이야기하니 어찌 안 그렇겠는가!

그러거나 말거나 현수는 KAI 사장의 안내를 받아 연단에서 내려섰다. 그리곤 곧장 '고정익사업부'를 찾았다.

이 사업부는 크게 나눠 추진 계통과 조종석 부문, 그리고 항공전자 분야와 세부 계통으로 구분된다.

이곳에선 전투기 조종사 양성을 위한 초음속 고등훈련기 T—50을 만들어냈다.

그리고 이를 기반으로 공군 특수비행팀을 위한 T—50B과 공격기 A—50, 그리고 TA—50과 파이팅 이글로 불리는 다목적 전투기 FA—50을 만들어낸 바 있다.

국산이라고 홍보하고 있지만 사실은 상당 부분이 미국에

의존하고 있다. 그렇기에 해외 판매를 할 때마다 미국의 허가를 받아야 한다.

"어서 오십시오. 고정익사업본부장 이충렬입니다."

"반갑습니다."

현수를 맞이한 이 팀장은 팀원들을 소개했다. 현수는 일일이 악수를 하면서 팀원들과 시선을 맞췄다.

혹시라도 앱솔루트 피델러티 마법의 영향권에서 벗어난 연구원이 있나 싶어서이다. 물론 없었다.

인사를 마친 후 현수는 USB를 꺼내 컴퓨터에 끼웠다.

현수의 명에 따라 KAI의 컴퓨터는 인터넷과 연결되지 않는 폐쇄 네트워크가 구축되어 있는 상태다.

어떠한 경우라도 이것들은 인터넷과 연결되지 않는다. 외부로부터의 해킹을 원천 차단시킨 것이다.

대외적인 업무에 사용되는 극히 일부 컴퓨터만 인터넷 사용이 가능하도록 해놓았다. 이 컴퓨터엔 기밀에 속하는 자료를 올리지 못하도록 내부 규약이 적용되는 중이다.

그리고 이것만을 관리 감독하는 직원을 따로 뽑았다. 이제부터는 철저한 보안이 유지되어야 하기 때문이다.

"대한민국은 전투기 엔진을 제작할 기술이 없는 것으로 알고 있습니다. 하여 저는 외국의 전투기들을 보고……."

현수는 마우스로 특정 폴더를 클릭했다. 그러자 화면 가득 엔진 도면이 뜬다.

"이건 미국이 자랑하는 F—22 랩터의 엔진 도면입니다. 이건 러시아 수호이 T—50 PAK FA의 엔진이군요. 이건 JAS—39E 그리펜의 엔진입니다. 다음은 이란이 외계인을 생포해서 제작했다고 소문난 F—313입니다. 흐음, 이건 F—35의 엔진이군요."

첫 화면에 랩터의 엔진이 나타나자 연구원들의 눈은 더 이상 커질 수 없었다. 그런데 그게 다가 아니다.

지구상에 존재하는 최상위 전투기들의 엔진 도면이 차례로 화면에 올라온다.

치수와 재질 및 상세 내용까지 기록된 기술 도면 및 제작 도면이다. 이것만 있으면 실물 제작이 가능하다.

"자, 이건 제가 나름대로 구상해 본 엔진입니다. 지금껏 보신 엔진보다 효율이 더 높을 겁니다."

"이, 이걸 진짜 회장님께서 설계하셨다는 말씀입니까?"

이 팀장의 물음에 현수는 고개를 끄덕인다.

"그렇습니다. 이걸 구상하느라 이틀을 밤새웠습니다."

"……!"

모두들 입을 딱 벌린다. 신형 엔진을 설계해 내는 데 겨우 이틀밖에 안 걸렸다는 뜻으로 받아들인 것이다.

외부 시간으론 그러하다. 현수가 새로운 엔진을 구상해 설계하고 나와 보니 이틀이 지났을 뿐이다.

하지만 실제 걸린 시간은 360일이다.

IQ 300에 근접한 인류 최고의 천재가 거의 1년간 매달린 끝에 만들어졌다는 뜻이다.

제작 과정을 보면 완성 단계에서 정교한 마법진을 그려 넣는다. 물론 어느 누구도 이것이 그려진 것을 눈치채기 힘들다.

모든 마법진을 그린 후 마지막으로 퍼펙트 트랜스페어런시 마법진 또한 그려 넣는다. 따라서 이 과정이 지나면 눈에 보이지 않는다.

다만 마나석을 박을 작은 구멍 하나만 눈에 띌 뿐이다. 중심이 되는 마법진은 연료의 효율을 극대화시키기 위한 것이다.

KAI에 오기 전 현수는 양평 저택에 머물렀다.

저택 옥상에 올라가 앱솔루트 배리어 마법으로 결계를 치고 그 안에 들어가 타임 딜레이 마법을 구현시켰다.

아래층에 지현과 연희 등이 머물고 있지만 어느 누구도 현수가 그곳에 있음을 알지 못했다.

알면 수시로 내려가야 하기에 일부러 숨긴 것이다.

아무튼 그 안에서 록히드 마틴과 일본 내각조사처, 그리고 지나 국가안전부 제3국에서 가져온 자료들에 대한 분석 및 분류 작업을 실시했다.

방대한 자료이기는 하지만 현수는 끈기 있게 작업에 임했다. 그러던 중 부족한 것이 많다 여겨져 몇몇 곳을 방문했다.

가장 먼저 일본의 내각조사처와 공안조사청을 차례로 방문하여 그곳의 자료들을 복사해 왔다.

이번엔 외장하드를 넉넉하게 가져갔기에 별다른 충돌이 없었다. 내각조사처와 공안조사청의 위치는 국안부 3국에서 가져온 자료 안에 잘 정리되어 있었기에 찾기 쉬웠다.

현수는 지나 첩보원들의 능력을 인정하지 않을 수 없었다. 수시로 바뀌는 비밀번호의 패턴까지 알아낸 것이다.

다음은 지나의 국안부 제1국과 2국 방문이었다.

이곳의 위치는 내각조사처의 자료에 일목요연하게 기록되어 있어 식은 죽 먹기로 쉽게 드나들 수 있었다.

이곳들의 공통점은 각별한 보안이 유지되고 있음에도 현수의 방문을 전혀 눈치채지 못했다는 것이다.

퍼펙트 트랜스페어런시와 퍼펙트 카피 마법 덕분이다.

눈에 보이지도 않고 로그인한 기록이 남지 않으니 알아차린다는 것은 불가능에 가깝다.

다음으로 미국을 방문했다.

먼저 보잉과 NASA의 연구소를 차례로 방문했다. 이곳들 역시 자료를 몽땅 베껴갔음을 전혀 알지 못한다.

그다음으로 방문한 곳은 미국 네바다주에 있는 비밀 공군 기지 Area 51이다.

지난 수십 년간 미국 정부는 극구 부인했지만 이곳엔 추락한 UFO가 있었으며, 그것에 대한 연구가 집중적으로 진행되고 있었다.

현수는 그곳에 있는 UFO를 모두 아공간에 넣어왔다.

어느 날 갑자기 흔적도 없이 사라졌으므로 외계의 기술이 적용된 것이라 여기기를 바랄 뿐이다.

그곳의 컴퓨터 하드디스크 또한 고스란히 복사해 왔다. 그리곤 치명적인 바이러스를 내장한 USB를 꽂아두고 왔다.

컴퓨터의 전원을 올림과 동시에 모든 자료에 대한 덮어쓰기가 진행되는 바이러스이다.

이 바이러스는 지나 국안부 자료에 있던 것이다.

국제적 전쟁, 또는 분쟁 발생 시 상대국 보안 시스템을 무력화시키기 위해 의도적으로 개발한 것이다.

원래는 부팅과 동시에 CPU를 100% 활용하여 모든 프로그램에 대한 덮어쓰기가 진행되는 것이다.

현수는 이것을 손봤다.

사용자가 눈치채기 힘들도록 사용하지 않는 폴더의 파일 먼저 덮어쓰기가 진행되도록 한 것이다.

다시 말해 정상적으로 컴퓨터를 사용하는 동안 작업과 관련되지 않은 폴더의 자료가 상대적으로 용량이 작은 TXT 파일로 덮어쓰기 된다.

현수는 여기에 인위적으로 콘센트에서 플러그를 빼지 않는 이상 전원도 꺼지지 않도록 하는 프로그램을 깔아놓았다.

마우스나 키보드를 이용한 시스템 종료를 불가능하게 해놓은 것이다.

메인 화면 등의 변화 없이 진행되는 일인지라 잘못되었다는 것을 깨닫는 데 아무리 빨라도 20초 이상 걸린다.

이 정도면 덮어쓰기 1회가 완료된다.

이상을 발견하고 전원을 끄기 위해 계속해서 버튼을 누르는 데 10초가 추가된다면 1회 덮어쓰기가 또 진행된다.

그러다 마지막으로 플러그를 뽑게 되는데 이러는 동안 또 한 번의 덮어쓰기가 진행된다.

최초 1회를 제외하곤 전원을 넣으면 매 10초마다 한 번씩 덮어쓰기가 진행되므로 사실상 자료 복구가 불가능해진다.

안전모드도 불가능하고 포맷도 불가능하기에 사실상 하드디스크를 전량 폐기해야 한다.

상당히 고약한 바이러스라 할 수 있다.

이걸 심어둔 이유는 미국이 더 이상 외계의 문물을 연구하여 무기 패권을 차지할 수 없도록 하기 위함이다.

이때 현수가 사용한 USB는 모두 일본산이다. 미국과 일본 사이를 이간질하기 위한 조치이다.

다음은 오스트레일리아를 방문했다.

중부 사막지대 엘리스스프링스 남서쪽에 위치한 파인 갭(Pine Gap)을 찾아간 것이다.

이곳은 미국의 첩보기관 CIA, NRO, NSA가 협동하여 운영하고 있는 비밀기지이다. 그리고 호주 한복판에 있지만 호주의 국회의원들조차 드나들 수 없는 곳이다.

이곳이 세상에 드러난 것은 마하 285(시속 348,840㎞)로 비행하는 UFO를 격추시킬 뻔한 플라즈마포가 이곳에서 발사된 때문이다.

1991년 9월 15일 밤 8시 30분경, 애리랜드 주의 한 방송국에선 'NASA의 우주 풍경'이라는 프로그램을 생방송했다.

이것은 우주왕복선 디스커버리호가 전송하는 호주의 대기권 밖 우주 경치를 보여주는 프로그램이다.

당시 우연히 방송된 화면엔 직경 1㎞ 크기의 UFO가 고속으로 비행하는 장면이 포착되었다.

외계로부터 지구로 접근하는 중이었다. 그런데 더욱 놀라운 일은 잠시 후에 벌어졌다.

지구로부터 무엇인가가 쏘아져 갔는데 그 속도가 무려 마하 500이었다.

참고로 마하 1은 소리의 속도로 340㎧이다.

마하 500이면 초속이 170㎞이다. 이를 시속으로 환산하면 612,000㎞/h나 된다. 실로 어마어마한 속도이다.

F—22A 랩터의 최대 속도가 마하 2.5쯤 되니 이보다 200배나 빠른 것이다.

아무튼 호주 사막지대에서 쏘아진 것에 놀란 UFO는 황급히 도망쳤고, 이 또한 생방송되었다.

NASA는 얼음 조각이라고 발표했지만 동영상을 본 사람들은 아무도 믿지 않았다.

플라즈마 포탄으로 의심되는 그것을 피하기 위해 얼음 조각이 비행할 수 없는 각도로 방향이 바뀐 때문이다.

어쨌거나 시속 612,000㎞로 비행하는 것은 지금도 가지지 못한 기술이다. 따라서 미국이 습득한 외계의 기술이라 여겼기에 파인 갭을 방문한 것이다.

현수는 플라즈마포로 의심되는 것 일체를 아공간에 담아 왔다. 물론 그곳의 컴퓨터 또한 그러하다.

하여 파인 갭은 현재 난리가 벌어지고 있는 중이다.

적어도 100명 이상의 인원이 침입하여 컴퓨터의 본체 및 중요한 실험 재료들을 싹쓸이해 간 것으로 여기기 때문이다.

Area 51의 경우는 네바다주 전체의 차량 이동에 대한 조사를 하는 한편, 이착륙한 모든 항공기에 대한 은밀한 조사가 진행되는 중이다.

파인 갭 역시 기지를 중심으로 반경 50㎞ 내의 모든 것에 대한 조사가 진행되고 있다.

NRA, CIA, NRO 관계자들은 연일 회의를 계속하며 누구의 소행인지에 대해 조사를 지시하고 있다.

경찰은 물론이고 군인들까지 총동원된 조사이지만 언론에는 보도되지 않고 있다.

보도 통제가 이루어지는 중이다.

이럴 즈음 현수는 영국 요크서 지방의 초원 위에 자리 잡은 멘위드 힐을 찾아갔다.

이곳의 공식 명칭은 RAF(영국 공군 소속 작전기지)로 알려져 있지만 실제로는 미국 국가안보국 NSA 영국지부이며, 약 71만 평에 달하는 땅은 사실상 미국의 영토나 다름없다.

이곳에서 광범위한 감청 작업이 진행됨을 알기에 컴퓨터들을 교란시켰다. 매스 체인 라이트닝 마법을 써서 모든 전자기기가 먹통이 되게 한 것이다.

원상 복구하려면 돈도 많이 들겠지만 소요되는 시간 또한 만만치 않을 것이다.

일련의 방문을 마친 현수는 다시 결계 안에 들어가 자료를 조사하고 분석해 분류했다.

나중에라도 출처를 의심받을 수 있기에 삭제할 것은 삭제하면서 파일들을 정리했다. 이 과정에서 지나어와 일본어, 그리고 영어는 모두 한글로 번역했다.

지금 보여주는 것이 그중 일부이다.

"이 엔진의 특성은 고효율이라는 겁니다. 이것이 장착되면 전투기의 항속 거리는 6만㎞ 이상이 될 겁니다."

"저어… 말씀 중에 죄송한데… 연료 탱크를 몇 개 추가했을 때의 값입니까?"

"제가 설계한 신형은 기존 엔진에 비해 연료 소모량이 약 12분지 1밖에 안 됩니다. 따라서 추가로 연료 탱크는 장착하지 않습니다."

"네에? 세상에 맙소사!"

"마, 말도 안 돼!"

"세상에 이런 엔진이 어디 있습니까? 뻥이죠?"

모두들 한마디씩 하지만 현수는 개의치 않고 마우스를 클릭했다.

엔진 도면이 보이던 화면이 다른 것으로 바뀐다.

CHAPTER 05
KAI에서

"이건 제가 설계한 신형 레이더입니다. 지상과 위성을 이용한 것으로 탐지 거리는 500km 정도 됩니다."

"네에?"

이 팀장을 비롯한 모두가 대경실색하는 표정이다.

F—22는 195km, F—35는 165km. F—15K는 161km, 유로파이터는 160km, 라팔은 140km가 최대 탐지 거리이다.

모두가 놀란 표정을 짓고 있지만 현수는 표정 변화 없이 설명을 이어갔다.

"조금 길죠? 참고로 제가 말한 500km는 말벌 크기의 비행체를 탐지해 낼 수 있는 거리입니다."

"헉!"

스텔스기의 대명사로 불리는 랩터의 반사 면적이 말벌 크기이니 500㎞ 거리에서 F—22를 포착할 수 있다는 뜻이다.

당연히 놀라운 일이다.

"정말입니까?"

"물론입니다. 스텔스기가 아닌 전투기의 경우는 1,000㎞ 밖에서도 식별 가능합니다."

"끄으응!"

누군가 침음을 터뜨린다. 하지만 어느 누구도 시선을 돌리지 않는다.

현수의 다음 말이 궁금한 때문이다.

"이것의 성능은 실제로 제작해 보면 알 수 있습니다. 자, 다음은 전파 및 음파 흡수 장치에 대한 것입니다."

"네? 뭘 흡수해요? 그럼 스, 스텔스라는 겁니까?"

확실히 똑똑한 사람들은 다르다.

현수는 경악성을 터뜨린 연구원을 바라보며 크게 고개를 끄덕였다.

"맞습니다. 이건 제가 개발한 것으로 이 장치를 부착하면 레이더에 잡히지 않게 됩니다."

"헐!"

모두들 입을 딱 벌린다. 스텔스 기술을 혼자서 개발했다니 어찌 놀랍지 않겠는가! 이때 누군가 용기를 내어 묻는다.

"진짜 회장님이 그걸 완성시킨 겁니까?"

"네! 제가 설계했습니다. 자, 이 화면을 보십시오. 이건 적외선도 흡수되므로 적의 미사일 추적을 따돌릴 수 있습니다. 그리고 이건 완벽한 스텔스기가 가능한 기술입니다."

"방금 완벽하다 하셨습니까?"

"네, 외부에 미사일을 아무리 많이 장착해도, 폭탄창을 열어도 절대 레이더에 잡히지 않습니다."

"세상에 맙소사! 완벽한 스텔스라니!"

"이런 게 가능하기는 한 거야?"

"글쎄, 그건 나도 모르지. 아무튼 회장님의 말이 사실이라면 이건 거의 혁명에 가까운 거야."

"맞아! 이건 혁신을 넘어선 혁명이야!"

공식적인 자리이니 결코 농담은 아닐 것이다. 그렇기에 연구원들의 얼굴은 점점 뻘게진다.

그러거나 말거나 현수의 설명은 이어진다.

"다음은 냉각 장치에 대한 설명입니다. 이 기술이 적용되면 엔진의 열에 대한 제어가 시작됩니다."

"열 추적 미사일로부터도 자유롭다는 뜻입니까?"

확실히 똑똑해서 설명하기도 쉽다. 현수는 크게 고개를 끄덕인다.

"맞습니다. 제가 개발한 기술이 적용되면 레이더에 잡히지 않는 완벽한 스텔스기가 되며, 열 추적 및 적외선 추적이 불가능해집니다. 따라서 적의 미사일 공격을 신경 쓰지 않아도 됩니다."

"끄으응!"

"세상에 그런 전투기가 어디 있답니까?"

"맞아! 말도 안 돼!"

모두들 한마디씩 하지만 현수는 표정 변화 없이 설명을 이어간다.

"다음은 가시광선 흡수 장치에 관한 것입니다. 원리를 설명하려면 오랜 시간이 걸리므로 간단히 말씀드리겠습니다."

잠시 현수의 설명이 이어진다.

해리포터와 마법사의 돌에 나온 투명 망토를 예로 들며 이동 가능한 유닛을 전투기에 부착시키면 눈에 보이지 않는다는 설명이다.

당연히 모두들 입을 딱 벌린다.

그러거나 말거나 현수는 계속해서 설명을 이어간다.

"이걸 켜짐 상태로 놓으면 눈으로는 전투기를 볼 수 없습니다. 이것의 단점은 아군끼리도 볼 수 없다는 것입니다."

"끄응!"

누군가 신음을 토한다. 생각지도 못한 기술에 놀란 때문이다. 현수는 그를 힐끔 바라보곤 말을 이었다.

"백문이 불여일견이라 하였으니 이 장치는 추후에 보내드리겠습니다. 그때 실험해 보시면 알 일입니다."

"이동 가능한 유닛이라 했는데 어디에 부착합니까?"

누군가의 물음이다.

"전투기 아무 곳이나 부착시키면 됩니다. 따로 전원을 연결하지 않도록 소형 배터리를 넣었으니까요."

"그거 열어봐도 됩니까?"

연구원 입장에선 당연한 말이다.

"장치를 열어 외기에 노출되면 회로가 망가집니다. 따라서 절대 열어보시면 안 됩니다."

"…보안 때문입니까?"

"그럴 목적으로 그렇게 만든 건 아니지만 결과적으론 그렇게 생각하실 수도 있겠지요."

현수가 고개를 끄덕이자 연구원들 역시 고개를 끄덕인다. 보안의 중요성을 누구보다도 잘 알기 때문이다.

다음은 추락 방지 장치에 대한 겁니다."

"네에? 추락 뭐요?"

자신이 뭘 잘못 들었다 생각했는지 눈이 커진 연구원이 한 말이다.

"날개가 있는 것은 추락한다는 말이 있지요? 그런데 이제부터 우리가 제작하는 비행체는 추락할 수 없습니다."

"말도 안 됩니다. 그런 게 어떻게 있을 수 있습니까?"

"맞습니다. 무엇을 근거로 가능한 겁니까?"

현수는 질문을 한 연구원에서 시선을 주며 살짝 웃어주었다. 설명하기 쉽게 말을 이끌어줘서 고맙다는 뜻이다.

"반중력 장치라는 말을 들어보셨습니까?"

"네에? 서, 설마 그 기술을 완성하신 겁니까?"

"말도 안 돼! 그런 걸 어떻게……?"

"그러게. 그건 꿈의 기술인데……."

이구동성으로 감탄사 아닌 감탄사를 터뜨린다.

털썩—!

너무도 놀랐는지 뒤쪽의 누군가는 주저앉기까지 한다. 오금에 힘이 빠진 때문일 것이다.

모두들 뻥이라고 대답해 주길 바라는 표정이지만 현수는 또 한 번 고개를 끄덕인다.

"맞습니다. 반중력 장치를 설계해 냈습니다. 이것이 장착된 전투기는 엔진이 망가지고 날개까지 모두 파손되어도 지면으로부터 일정한 고도에 멈추게 됩니다."

"그게 정말입니까?"

"끄으응!"

"네, 기체의 크기에 따라 고도 지정이 가능한데 F—15K의 경우는 20m 상공에서 멈추도록 설치했습니다."

"말도 안 됩니다! 그런 게 어디 있습니까?"

이구동성으로 외친 말이다. 그러거나 말거나 현수는 마우스를 클릭했다.

"에구! 제 말을 믿지 못한다 하셨으니 이 동영상을 봐주십시오. 참고로 이 동영상은 F—15K가 운용되고 있는 K—2기지에서 찍은 겁니다."

말을 마친 현수는 플레이 버튼을 클릭했다. 그러자 정지된 화면이 움직이기 시작한다.

"필승! 공군 제11전투비행단 102전투비행대대 제1편대장 송광선 소령입니다."

아주 씩씩한 모습으로 경례를 올려붙인 송 소령은 이글거리는 눈빛으로 잠시 쏘아보고는 자신의 뒤에 있는 애기를 손으로 가리킨다.

"지금 보시는 이 F—15K는 이실리프 그룹 김현수 회장님께서 손수 개조 작업을 해주신 저의 애기입니다. 다음 도표를 봐주십시오."

말을 마친 송 소령은 준비된 표를 들어 보인다. 켄트지 전지에 차트 글씨로 쓰인 표이다.

F-15K 개조 전후 비교		
구분	개조 전	개조 후
최대 속도	마하 2.3	마하 3.0
항속 거리	5,700km	68,400km
작전 반경	1,800km	지구 전체
스텔스 기능	없음	완벽함
이륙 소음	118dB	28.8dB
비행 소음	측정치 없음	23.6dB
추락 방지 장치	없음	20m 상공 멈춤

"자, 잘 보셨습니까? 제 명예를 걸고 이 표가 사실임을 증언합니다. 다만 마지막 사항만은 사진으로 보여드릴 수 있습니다. 보시죠."

송 소령은 준비된 사진을 들어 보인다.

F-15K 한 대가 허공에 떠 있고 이삿짐센터에서 사용하는 것과 같은 사다리차를 타고 파일럿 한 명이 내려오는 연속 사진이다.

전투기는 캐노피(Canopy)가 열려 있는 상태이다.

"얼마 전 작전 중 불의의 사고가 발생되어 기체가 추락하는 아찔한 상황이 벌어졌습니다. 그때 추락 방지 장치를 가동시켰고 그 결과가 지금 보시는 사진입니다."

다시 맨 처음 사진으로 되돌아가 있다.

캐노피가 밑으로 열려 있는 상태에서 조종사가 사다리차

로 옮겨 타는 장면이다. 원래대로라면 추락 방지 장치를 가동시킴과 동시에 사출좌석 레버를 당겼어야 한다.

그런데 이 조종사는 현수를 믿었다. 그렇기에 이런 장면을 사진으로 남길 수 있게 된 것이다.

"제 명예를 걸고 이 사진에 아무런 조작이 없었음을 증언합니다. 아울러 추락 방지 장치를 발명해 내신 김현수 회장님께 공군을 대표하여 깊은 감사의 인사를 올립니다. 필승!"

송광선 소령이 경례를 마친 것을 끝으로 동영상은 끝났다.

"세, 세상에!"

"진짜였단 말이야? 말도 안 돼!"

"헐! 벌써 완성된 기술이라니……."

"대체 회장님은……! 와아, 진짜 천재다!"

모두들 입을 딱 벌리고 있다.

"여기에 설계도 등을 남겨두겠습니다. 이걸 참조하셔서 새로운 전투기를 만들어주십시오."

"네!"

"제가 원하는 건 수직이착륙기입니다. 고도 조절이 가능한 반중력 장치는 완성 단계에 있으니 나머지만 연구해 주시면 됩니다. 추가되는 기술은 완성되는 대로 보내드리겠습니다."

"……!"

모두들 희대의 천재만을 바라볼 뿐 아무런 대꾸도 하지 않는다. 현수는 가볍게 미소 짓고는 다음 사업팀으로 자리를 옮긴다. 이번엔 회전익 팀이다.

"어서 오십시오. 회전익 개발부 김종민 본부장입니다."

이 팀에선 KUH 수리온을 만들어냈다. 세계 11번째이다. 수리온은 육군 병력 수송을 목적으로 하는 기동헬기이다.

김 팀장은 살짝 대머리가 벗겨진 50대 초반이다. 현수는 반갑게 웃으며 악수를 나눴다.

"네, 반갑습니다."

이번에도 모든 연구원과 일일이 인사를 나누었다. 사전에 이렇게 하도록 지시를 내려놓은 것이다.

그리곤 이 팀 역시 입이 딱 벌어지도록 해놓았다.

이번 동영상의 주인공은 해군 제2함대 소속 고복현 소령이다. 멋진 제복 차림이다.

MK 99A 슈퍼링스 개조 전후 비교		
구분	개조 전	개조 후
최대 속도	232km/h	300km/h
항주 거리	1,046km	15,700㎞
스텔스 기능	없음	완벽함
비행 소음	110dB	30dB

"허어! 세상에… 어떻게 이런 일이……!"

"말도 안 돼! 완벽한 스텔스 헬기라니!"

"소음 수치 좀 봐! 저 정도면 거의 안 들리는 거야!"

"헐! 30데시벨? 저건 거의 도서관 수준이야!"

"끄으응! 어떻게 이럴 수 있지?"

화면 가득한 세계 각국의 첨단 헬기들의 제작 도면에 시선을 고정시킨 연구원들은 놀라움을 감추지 못한다.

"제가 여러분께 원하는 것은 100% 우리 기술과 우리 부품으로 이루어진 헬기를 제작해 달라는 겁니다. 치누크처럼 화물을 운송하는 것도 필요하며, 블랙호크 같은 것도 있어야 합니다. 아울러 성능 좋은 소방용 헬기 또한 필요합니다."

"최선을 다하겠습니다, 회장님!"

김종민 팀장이 깊숙이 허리를 숙인다. 나이를 떠나 깊은 존경심이 느껴진 때문이다.

"참, 여러분이 제작하는 헬기는 추락 방지 장치 및 미사일 추적 회피 기능이 추가됩니다."

"미사일 회피라면 채프와 플레어를 의미하는 거죠? 그런데 추락 방지 장치는 뭡니까?"

"미사일 회피 기능은 여러분이 생각하시는 것과는 약간 다릅니다. 제가 고안한 것은⋯⋯."

잠시 설명이 이어진다. 적외선 흡수 및 냉각 장치 등에 관한 이야기를 들은 연구원들은 또 한 번 입을 벌린다.

다음으로 보게 된 것은 송광선 소령이 등장하는 추락 방지 장치에 대한 부분이다.

"끄웅! 저게 말이 되는 건가? 어떻게 엔진이 꺼진 전투기가 허공에 떠 있지?"

"중력이 작용하지 않는 것이라면 설마 반중력 장치를 고안해 내신 겁니까?"

이곳 연구원들도 확실히 두뇌가 뛰어나다.

현수는 고개를 끄덕였다.

"네, 반중력 장치에 대한 연구는 이미 끝나 있습니다. 마무리만 남았지요. 그것마저 끝나게 되면 고도를 마음대로 조절할 수 있게 될 겁니다."

"끄으응!"

"헐!"

연구원들 모두 혀를 내두른다.

수천, 수만 명의 전문가가 달려들어도 이루어내지 못한 것을 혼자서 다 해냈다는데 어찌 할 말이 있겠는가!

현수가 다음으로 방문한 곳은 정찰용 무인기를 만들어내는 UAV 사업팀이다. 2001년에 송골매라 이름 붙은 무인기를 개발한 바 있다.

이곳에서 현수는 에어버스사가 개발한 무인항공기의 도면을 보여주었다. 아직 세상엔 발표되지 않은 것이다.

이것은 기존의 고정익항공기와 헬리콥터 기능을 합친 무

인항공기 VTOL Quancruiser로 불린다.

네 개의 전기 리프트모터를 이용해 수직으로 이착륙하고, 공중으로 올라간 다음 항공기 뒤쪽에 있는 추진프로펠러(Pusher propeller)를 사용해 비행하는 것이다.

이 추진프로펠러는 일정 시간 '공중 정지'가 가능하도록 돼 있으며, 네 개의 날개는 수직 이착륙을 가능하게 하는 것이다.

즉 이륙과 착륙은 헬리콥터처럼 별도의 활주로가 필요 없고 수 시간을 같은 공중에서 한 곳에 정지할 수 있는데다 필요에 따라 기존 항공기처럼 활공 모드로도 전환할 수 있는 첨단 무인항공기이다.

다음은 미국 노스롭 그루먼에서 개발한 스텔스 무인기 RQ−170 센티넬과 이의 후속기인 RQ−180이다.

AESA 레이더가 탑재되어 있고, 전자전 공격 기능을 갖춘 것으로 알려져 있다.

고고도 무인정찰기 글로벌 호크의 도면도 보여주었다.

이것은 20km 상공에서 레이더와 적외선 탐지 장비 등을 통해 지표면의 30cm 크기의 물체까지 식별할 수 있어 첩보위성급 무인정찰기로 불린다.

잘 알려진 드론의 제작 도면도 공개되었다. 이 밖에 이스라엘 등에서 개발한 무인기들도 보여주었다.

연구원들은 눈에 불이라도 켠 듯 안광을 반짝이며 설명을 듣고 화면에 시선을 주고 있다. 이것들은 꿈에서라도 보고 싶은 것들이기 때문이다.

"여러분에게 이것들을 종합한 새로운 무인기 제작 임무를 부여합니다. 스텔스 기능과 미사일 회피 기능은……."

설명을 마친 현수는 준비된 동영상들을 보여주었다. 모두들 입을 벌린 채 신음 비슷한 침음만 토해낸다.

당연한 일이다.

현수가 UAV 사업팀을 나서자 모든 연구원이 기립박수로써 환송했다. 문이 닫히자 즉각적인 토론이 시작되었다.

현수가 준 각종 자료를 보고 그것의 원리에 대한 의견들을 주고받은 것이다. 이를 바탕으로 새로운 것을 창조해 내면 거액의 성과급이 주어진다.

그래서 더 열성적이다.

현수가 다음으로 방문한 곳은 위성사업팀이다.

"여러분에게 쎄트렉아이 팀과 더불어 우주기지 제작 임무를 부여합니다. 제가 생각하는 우주기지는……."

현수의 설명이 이어지는 동안 위성사업팀원들은 어금니가 보일 정도로 입을 벌린다.

미국과 러시아 등 16개국이 참여하여 건설 중인 국제우주정거장보다도 규모가 크다. 그런데 그걸 지상에서 제작한 후

한 번에 우주로 올린다니 어찌 놀라지 않겠는가!

이를 가능케 할 반중력 장치에 대한 설명을 듣고는 모두들 눈을 크게 뜬다. 꿈에 그리던 기술인 때문이다.

"이실리프호라 불리게 될 우주전함엔……."

전함에 장착될 각종 무기에 대한 설명이 이어지자 모두들 얼굴이 뻘게진다.

이것만 우주에 올려놓으면 초강대국인 미국과의 전면전에서도 일방적인 승리를 거둘 수 있음을 짐작하기 때문이다.

다시 말해 이실리프호가 우주에 안착되면 대한민국은 세계 최강의 무력을 갖춘 나라가 된다.

우주전함에 장착된 레일건과 코일건만으로도 미국과 러시아, 그리고 지나가 보유하고 있던 핵미사일 전부를 감당해 낼 수 있다. 이것들 모두가 동시에 발사된다 하더라도 100% 요격이 가능한 것이다.

공격을 받았으니 다음은 반격이다.

이실리프호에 장착되어 있는 이실리프의 창과 이실리프 미티어가 각 나라로 쏘아져 가면 거의 원시시대로 되돌릴 만큼 강력한 공격이 퍼부어진다.

마음만 먹으면 그 나라 인구 전체를 말살시키는 것도 가능하다. 물론 우주전함에 그만큼 많은 양이 탑재되어야 가능한 일이다.

연구원들은 이실리프호의 규모가 반경 60m에 높이 5m 정도 된다는 설명을 듣고 깜짝 놀란다.

용적이 약 56,520㎥짜리이니 국제우주정거장 ISS보다 47배 이상 큰 때문이다.

그런데 이는 설계가 그러하다는 것이다. 실제로는 이보다 훨씬 넓다. 중첩된 공간 확장마법 때문이다.

최상급 마나석을 이용한 이 마법의 결과 이실리프호는 반경 150m, 높이 12.5m 정도로 늘어난다.

용적이 약 883,125㎥ 정도 되니 설계보다 15배 이상 커지는 것이다. ISS랑 비교하면 약 736배가 크다. 따라서 생각보다 훨씬 많은 무기 및 식량 등을 보유할 수 있다.

KAI를 나선 현수는 퍼스텍과 쎄트렉아이를 차례로 방문했다. 그곳에서도 모두들 입을 벌린 채 아무런 소리도 못 내는 사람이 많았다.

당연한 일이다.

현재는 나뉘어 있지만 조만간 조직을 통폐합하겠다는 말에 모두들 찬성했다.

어느 회사에서 근무하느냐가 중요한 것이 아니라 어떤 일을 하느냐가 중요한 사람들이기 때문이다.

*   *   *

"반갑습니다. 이실리프 그룹의 김현수입니다."

"아, 네, 저도 반갑습니다. 박형석이라 합니다."

현수는 아주 짧은 시간이었지만 KSTAR 프로젝트를 성공적으로 이끌던 노(老)과학자의 얼굴에 서린 씁쓸함을 읽을 수 있었다.

혼신의 노력을 다해 만든 가장 선진화된 핵융합로에서 플라즈마를 형성시키기 직전에 자리를 내줘야 했기 때문이다.

다시 말해 10여 년에 걸친 연구 결실을 보기 직전에 그 자리에서 밀려난 것이다. 2008년도에 일어난 일이다.

당시 함께 연구를 이끌던 연구원들도 같이 정리되었다.

그때 한국한의학연구원(KIOM) 원장, 한국과학기술정보연구원(KISTI) 원장, 한국과학기술연구원(KIST) 상임감사, 한국생명공학연구원(KRIBB) 원장, 한국원자력연구원(KAERI) 원장, 국가핵융합연구소(NFRI) 소장도 해고당했다.

이들은 무능하거나 문제가 있어서 해고된 게 아니다.

전임 대통령이 임명했다는 이유로 정치논리에 의해 자리에서 물러나도록 강요당한 것이다.

멀쩡한 강에 헛된 삽질을 가해 홍수 조절 기능을 잃게 하고, 생태계를 교란시켰으며, 수질 악화를 초래하게 만든 무능과 부정부패로 점철된 정권에서 일어난 일이다.

박형석 박사가 해고된 후 전임 대통령은 일본인 연구진 셋을 투입하였다.

그 결과 우리 연구진이 10여 년 동안이나 애써서 쌓아올린 노하우가 전부 일본에 공개되었을 것이다.

현수는 언론 보도가 아닌 인터넷 블로그 등을 통해 이러한 사실을 알게 되었다. 하여 이실리프 브레인 이준섭 대표에게 당시 해고당한 연구진 전부에 대한 추적을 당부했다.

국가에서 버린 고급 두뇌들을 어떻게 활용하는지를 보여주기 위함이다.

"네, 이렇게 박사님을 뵙게 되어 정말 반갑습니다. 그간 어찌 지내셨는지요?"

무슨 뜻인지 어찌 모르겠는가!

"그냥 학교에 있었습니다."

연구소에서 밀려난 후 제대로 된 연구 시설조차 없는 대학에서 강의를 했다는 뜻이다.

"박사님을 왜 뵙자고 했는지 혹시 짐작하시는지요?"

"글쎄요? 김 회장님이 여러 기업을 운영하는 건 알고 있지만 나와는 별로 연관이 없는 것 같습니다. 그러니 왜 보자는 건지 짐작도 못하겠군요."

박형석은 왜 만나자고 했는지 궁금하다는 표정이다.

"제가 여러 곳에 자치령을 운영하게 된 건 아시는지요?"

"네, 몽골과 러시아, 그리고 콩고민주공화국이지요?"

"맞습니다. 각각 대한민국 영토 전체보다 조금 더 큽니다. 이 밖에 절반 크기의 에티오피아 자치령도 있습니다."

"정말 대단하십니다."

박형석은 크게 고개를 끄덕인다. 개인이 나라보다도 큰 농장을 셋이나 개발한다는데 어찌 감탄하지 않겠는가!

"제가 개발하려는 곳은 청정한 지역입니다. 아시죠?"

"그것도 알고 있습니다."

현수와의 만남 이전에 박형석은 현수에 대한 기사들을 읽어보았다. 무슨 이유로 만남을 청했는지 알 수 없어서이다.

자신과 전혀 연관이 없음에도 이 자리에 나온 이유는 과학과 기술에 투자를 권하기 위함이다.

현수가 상당히 돈이 많음을 알기에 국가 발전을 위한 초석을 닦는 데 보탬이 되어달라고 말할 참이다.

"박사님을 제 자치령으로 모시고 싶습니다."

"네? 그곳에 학교라도 만들려는 겁니까?"

"학교는 당연히 만들어야지요. 그보다는 박사님께서 연구하신 것에 대한 결실을 볼 수 있게 해드리고 싶어서입니다. 청정한 에너지가 필요한 때문이기도 하구요."

"그게 무슨……?"

박형석은 잘 이해되지 않는다는 표정이다.

현수의 말대로라면 핵융합 장치를 이용한 발전 설비를 갖추겠다는 뜻이다. 어마어마한 돈이 필요한 사업이다.

현수가 천지건설 부사장이며 연봉이 300억 원의 부자인 것은 언론에 보도된 상태이기에 알고 있다.

이실리프 그룹에 여러 계열사가 있으니 각각으로부터 상당한 수입이 발생될 것이다. 하지만 핵융합 발전소를 만들고 유지할 정도는 못 된다 생각하고 있다.

그렇기에 쉽게 이해되지 않는다는 표정으로 현수를 바라본다. 이럴 때는 확실하게 해주는 것이 좋다.

"저의 자치령들에 핵융합 장치를 만들어주십시오."

"……?"

"모든 비용은 제가 대겠습니다."

"핵융합 발전 설비를 만드는 데 얼마나 많은 돈이 드는지 알고나 하는 말입니까?"

몰라서 이런 말을 한 것이라 생각하는 듯하다.

"잘 알고 있습니다. 프랑스 남부 카다라쉬에 짓고 있는 '국제핵융합실험로'를 만드는 데 총사업비가 약 100억 유로 정도인 것으로 알고 있습니다."

박형석은 고개를 끄덕인다.

"잘 아시는군요. 그런데 그건 실험로입니다. 본격적으로 전기를 생산하는 상업용이 아닙니다."

"그것도 알고 있고, 1억℃를 컨트롤하는 것이 문제인 것도 알고 있습니다."

"흐음! 그래요?"

박형석은 팔짱을 낀다. 이런 행동은 심리학적 관점에서 보면 현수에게 마음을 열지 않았다는 의미이다. 어디 한번 해보고 싶은 대로 해보라는 냉소적 의미일 수도 있다.

"100조 원이 든다 해도 저는 비용을 댈 수 있습니다. 믿어지십니까?"

"솔직히 믿을 수 없습니다. 세계 최고의 부자라는 빌 게이츠의 재산이 760억 달러라 알고 있습니다. 100조 원은 이보다 훨씬 많은 돈입니다."

"맞습니다. 그런데 제게 그만한 돈이 있습니다."

"……?"

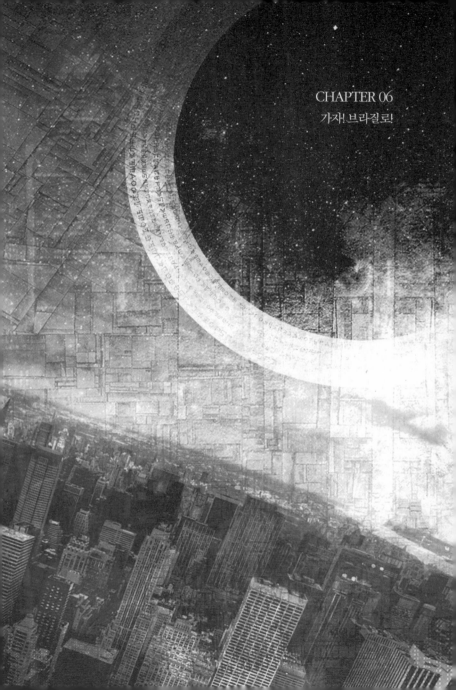

CHAPTER 06
가자! 브라질로!

전능의팔찌
THE OMNIPOTENT
BRACELET

　박형석이 현수를 물끄러미 바라본다. 자칭 세계 최고라는 젊은이의 얼굴이 너무도 당당한 때문이다.

　"2014년의 대한민국의 국가 예산은 357조 7천억 원입니다. 아시죠?"

　"알고 있습니다."

　고개를 끄덕인 박형석은 계속해 보라는 눈빛이다.

　"제가 얻은 조차지는 몽골과 러시아, 그리고 콩고민주공화국뿐만이 아닙니다. 에티오피아에도 대한민국의 절반 정도 되는 크기의 조차지를 얻었습니다."

"……!"

"확정된 것은 아니지만 케냐와 우간다에서도 조차지를 얻을 생각입니다. 그 나라에서 제게 조차지를 줄 때 그냥 줬겠습니까?"

"……!"

그러고 보니 조차지를 준 이유를 알 수 없다.

"저는 그곳에서 농축산업만 하려는 게 아닙니다. 각각을 하나의 국가처럼 운영할 겁니다. 그런데 그렇게 하기 위해서 얼마나 많은 자본이 투입되어야 할까요?"

아무것도 없는 허허벌판에 나라를 만들려면 어마어마한 돈이 필요할 것이다.

"정말 100조라도 투자하실 수 있는 겁니까?"

박형석은 팔짱을 풀고 있다. 흥미 있다는 의미일 것이다.

"네, 각각의 자치령은 에너지가 필요합니다. 그것도 아주 많이요. 핵융합 발전은 안전하면서도 저렴하게 전기를 얻을 수 있는 기술이지요. 안 그렇습니까?"

"당연한 말씀입니다."

"제 자치령은 가장 짧은 게 150년이고 긴 건 200년입니다. 그곳의 공통점은 아직 청정한 자연 지대라는 겁니다. 그곳을 화석 연료로 오염시키고 싶은 마음이 없습니다."

"……!"

박형석은 동의한다는 듯 말없이 고개를 끄덕인다.

"오셔서 하던 연구를 마저 끝내십시오. 저도 돕겠습니다. 미진하던 부분이 채워질 겁니다. 아시죠? 제 IQ!"

"…정말 연구를 도울 겁니까?"

현수가 인류 최고의 두뇌이지만 핵융합 발전에 대해 아는 바는 적을 것이다. 하지만 아무도 생각해 내지 못한 천재적 발상으로 도움을 줄 수 있을 것이기에 물은 말일 것이다.

"아까 말씀드렸습니다. 1억℃를 컨트롤하는 건 제게 맡기라고요."

현수의 표정엔 자신감이 어려 있다.

박형석을 만나기 전 이그드리아를 통해 확인한 것이 있기 때문이다. 이그드리아는 현수와 대화하기 전에 핵융합로를 다녀왔다. 아무리 철저히 보안을 유지한다 하더라도 정령이 들어가지 못할 곳은 없기에 태양보다도 훨씬 뜨거운 1억℃를 직접 체험하고 온 것이다.

"마스터, 정말 저에게 맡겨주실 수 있습니까?"

흥분에 찬 이그드리아의 말이었다. 그러고 보니 사극 투가 아니다. 너무나 흥분해서 깜박 잊은 듯하다.

"진짜 네가 컨트롤할 수 있다는 거지?"

"물론입니다. 아무리 뜨거워도 저는 불의 정령입니다. 제게 맡겨주시면 그 뜨거운 열을 마음대로 다룰 수 있도록 돕겠습니다. 보내만 주세요."

이그드리아는 이글거리는 눈빛으로 현수를 바라본다. 어서 승낙해 달라는 뜻이다. 하지만 확인할 것이 남아 있다.

"분체만으로도 정말 그 온도를 감당할 수 있는 거지?"

"물론입니다. 분체나 저나 궁극적으로는 같은 존재니까요. 따라서 당연히 컨트롤 가능하죠."

"왜 분체를 보내라고 하는지는 알아?"

"따로 시키실 일이 있으신 거죠?"

정령들은 거짓말을 못할 뿐 생각마저 못하는 것은 아니다.

"그런 걸 여러 군데에 만들 거야. 근데 니가 거기에 처박혀 있으면 내가 곤란해서 그래."

"정말 여러 군데에 만드실 거예요? 몇 군데나요?"

이그드리아는 심히 기대된다는 표정이다.

중수소와 삼중수소를 연료로 사용하는 핵융합 발전은 화석 연료보다 1,000만 배나 효율성이 좋다.

기존 원전에 비하면 발전량이 100배 이상인데다 방사능 오염 위험은 훨씬 줄어든다. 게다가 주요 연료로 바닷물을 사용하기에 자원 소모를 걱정할 필요가 없다.

따라서 하나의 자치령에 두 개 정도만 건설되어도 충분히 필요로 하는 전력을 공급받을 수 있다. 무공해인 태양광발전, 그리고 풍력발전이 병행될 것이기 때문이다.

설치될 장소는 콩고민주공화국, 러시아, 몽골, 에티오피아, 우간다, 케냐, 북한, 남한 이렇게 8개국이다.

따라서 16개의 핵융합로가 건설되어야 한다.

"최소한 16개 정도는 필요해. 그런데 그만큼 분체를 나눌 수 있는 거야?"

정령은 질량과 부피가 일정한 존재가 아니다.

덩치를 제멋대로 키우거나 줄일 수 있으며, 여럿으로 나눌 수도 있다고 한다. 이그드리아의 설명이었다.

"16개나요? 정말입니까?"

이그드리아는 몹시 기쁜 표정을 짓는다.

16개의 분체가 모두 1억℃를 컨트롤하면 그 경험치가 모아지기 때문이다.

어쩌면 지구의 정령 가운데 가장 먼저 최상급에서 정령왕으로 진화할 수도 있을 것이다.

그래서 이토록 흥분된 표정으로 현수를 바라보는 것이다.

현수는 고개를 끄덕여 이그드리아의 욕구를 충족시켜 주었다. 그리고 박형석 박사를 만난 것이다.

"혹시 하이베타 퓨전 원자로에 대해 아십니까?"

"허어! 그걸 어떻게……?"

박형석은 미국 록히드 마틴사가 비밀리에 개발 중인 소형 핵융합 원자로를 현수가 알고 있음에 놀란 표정을 짓는다.

아직 세상에 발표되지 않은 극비 사항인 때문이다.

"제가 받은 보고에 의하면 하이베타 퓨전 원자로는 기존 원자로의 10분의 1크기인 약 2×3m의 크기로 100㎿(8만 가구 전력 공급량)을 생산한다고 하더군요."

"……?"

박형석은 학창 시절을 같이 보낸 친구로부터 들은 것보다 더 상세한 내용에 눈을 크게 뜬다.

"2014년 10월쯤 발표한다고 합니다. 10년 내에 상용화하는 것으로 말입니다."

"……!"

박형석은 대꾸하지 않았다. 눈만 크게 떴을 뿐이다. 어서 자세히 설명해 달라는 뜻이다.

"이실리프 그룹의 계열사 가운데 미국에 근거지를 둔 이실리프 트레이딩이라는 회사가 있습니다."

"말씀하십시오."

박형석은 매우 중요한 설명을 듣는다는 표정이다.

"그 회사의 자본금은 1,386억 달러입니다. 100% 제가 출자했지요."

"네, 네에?"

박형석의 눈에 흰자위가 왕창 늘어난다.

현수의 말이 사실이라면 166조 3,200억 원을 혼자서 출자했다는 뜻이다.

미국 증시에는 국내에도 잘 알려진 록히드 마틴을 비롯해 노스롭 그루먼, 레이시온, 제너럴 다이나믹스 등 다수의 기업이 상장돼 있다.

이들의 시가총액 합계는 약 2,000억 달러이다.

이실리프 트레이딩이 진짜 1,386억 달러를 운용한다면 이들 네 개 군수회사 중 세 개 정도를 지배하는 건 문제도 아니다.

그러고 보니 현수가 록히드 마틴의 대주주일 수도 있다는 생각이 든다. 하여 자신의 추측이 맞는지 물으려 시선을 맞췄다.

현수는 씨익 웃어주었다.

"생각하신 대로 록히드 마틴의 주식을 상당히 많이 가지고 있습니다. 그래서 아는 일이지요."

"아, 그렇군요."

대주주라면 이 정도 정보는 알 수 있을 것이라 생각하였기에 박형석은 고개를 끄덕인다.

"박사님께서 원하시면 하이베타 퓨전 원자로에 관한 모든 자료를 열람하실 수도 있을 겁니다."

"저, 정말입니까?"

박형석은 반색하며 시선을 맞춘다.

"물론입니다. 상세 도면까지 다 보실 수 있습니다."

록히드 마틴 비밀연구소에서 가져온 자료에 고스란히 담

겨 있기에 한 말이다.

"하, 하겠습니다."

박형석의 음성은 떨리고 있다. 너무도 기대된 때문이다.

"미리 말씀드리지만 현재의 몽골 자치령은 제대로 갖춰진 것이 없습니다. 하지만 최선을 다해 박사님이 요구하시는 모든 것을 갖출 수 있도록 지원하겠습니다."

"알겠습니다. 저는 연구만 할 수 있으면 됩니다."

"같이 일하시던 분들을 데려가셔도 되고, 원하시는 분이 있으면 말씀해 주십시오. 이건 이실리프 브레인 팀장의 명함입니다. 이쪽에 자료를 주시면 알아서 스카우트할 겁니다."

현수가 내민 이준섭의 명함을 받아 든 박형석은 상기된 표정이다. 아무런 방해 없이 연구에만 매진할 수 있는 길이 열린 것 같아 심히 흥분된 때문이다.

현수는 박형석과 조금 더 대화를 나누었다.

가장 먼저 조성될 몽골 자치령의 핵융합 발전소를 어찌 만들 것인지를 의논한 것이다.

두 개를 건설할 것이므로 적당한 위치를 선정했다. 그래야 사방팔방으로 송전할 수 있기 때문이다.

발전에 필요한 중수소는 바닷물 속에 무한정 존재하고, 삼중수소는 지각이나 바닷물 속에 많이 들어 있는 리튬에서 얻을 수 있다.

바다에 접해 있지 않지만 바닷물을 공급하는 건 어렵지 않다. 마법이 있기 때문이다.

발전소 근무자 전원에게 절대충성 마법이 구현될 것이기에 어떻게 공급하는지는 중요하지 않다.

발전소 건설에 필요한 모든 것은 민주영을 통해 공급받기로 했다. 연구원 및 기술자들의 주거에 필요한 시설이 건설되는 동안 자료 수집 및 연구 검토 작업을 하기로 했다. 이로써 자치령에서 필요로 하는 동력 부분은 해결된 셈이다.

*　　　*　　　*

"어서 오십시오, 부사장님!"

대기하고 있던 박진영 과장과 해외영업부 최규찬 부장의 허리가 직각으로 굽혀진다. 이들의 곁에는 신형섭 천지건설 사장이 환한 웃음을 짓고 있다.

"김 부사장, 잘 부탁하네."

"네, 최선을 다하겠습니다."

"회장님께서 그러셨네. 이번 건은 수주해도 그만, 수주를 못해도 그만이라고. 그러니 마음 편히 다녀오시게."

"네, 배려해 주셔서 감사합니다."

현수가 고개를 숙여 예를 표하자 신형섭 사장은 환한 웃음을 짓는다. 이때 뒤에 있던 조인경 대리가 끼어든다.

"부사장님, 파이팅입니다."

"네? 아, 네, 알겠습니다, 조 대리님."

사석에선 형수라 부르지만 이 자리는 공적인 자리이다. 브라질 리우데자네이루 재개발사업 수주를 위해 천지건설 부사장으로서 해외영업부장과 함께 출국하는 자리인 것이다.

"그럼 잘 다녀오시게."

"네, 사장님."

언제나 자신을 신뢰해 주는 신형섭 사장이기에 현수는 환히 웃으며 고개를 숙였다.

잠시 후 현수의 자가용 제트기에 일행이 모두 탔다.

현수와 최규찬 해외영업부장, 박진영 과장, 그리고 구본홍 대리, 유민우 대리와 강연희 과장이 일행이다.

천지건설과 천지기획에선 인사 발령 예정이다.

박진영은 과장에서 차장으로 진급한다. 강연희는 천지기획 소속으로 직급은 차장 대우 과장이다.

"어서 오십시오."

기내에 대기하고 있던 스테파니가 공손히 허리를 숙여 인사하자 구본홍 대리가 환하게 웃는다.

"Guten Tag! Schön, Sie zu sehen."

"Na so was! Lange nicht gesehen!"

"Wie geht es Ihnen?"

"Es geht mir gut. Und wie geht es Ihnen?"

"Mir geht es auch gut."

스테파니와 구본홍은 환히 웃으며 대화를 나눈다. 독일어를 모르는 나머지는 이건 뭔가 하는 표정이다.

특히 스테파니를 처음 본 유민우 대리는 눈빛을 빛낸다. 둘이 대체 무슨 대화를 나눈 것일까 하는 마음이다.

그런데 알고 보면 아무것도 아닌 말이다. 독일어 회화책 첫 페이지에 나올 말들을 하고 있는 것이다.

"안녕하세요. 만나서 반가워요."

"어머! 오랜만이에요."

"어떻게 지내세요?"

"잘 지내고 있어요. 당신은요?"

"저도 잘 지내고 있어요."

구본홍은 뒤에서 눈치 주는 유민우 대리를 째려보며 안쪽으로 들어선다. 유민우는 기다렸다는 듯 스테파니에게 환하게 눈웃음을 치며 말을 건다.

"Oh! Beautiful lady! So it would be an honor to see you meet. My name is Min—woo Yu."

"Yes, I meet you too. I'm Stephanie."

"Let's cup of tea when you have time."

"OK!"

먼저 탑승한 구본홍은 유민우의 능글맞은 표정과 말이 마음에 들지 않았다.

시간 날 때 차 한잔하자는 이야기는 자신이 먼저 하려고 했다. 그런데 스테파니의 환한 웃음을 보는 순간 외우고 있던 독일어 문장을 까먹었다. 하여 별 시답지 않은 말만 하고 자리에 앉은 것이 못내 아쉽다.

하여 인상을 잔뜩 찌푸리고 있다.

그러거나 말거나 일행 모두가 탑승하자 윌리엄 스테판 기장의 안내 방송이 있다.

여러분을 모시게 되어 영광이다, 안전하게 모시겠다, 안전벨트를 매달라, 목적지까지 얼마만큼의 시간이 걸린다, 필요한 것이 있으면 스테파니에게 청하면 된다는 등등의 말이다.

모두들 자리에 앉아 안전벨트를 매자 자가용 제트기는 부드럽게 활주로를 박차고 올랐다.

서울에서 리우데자네이루까지는 상당히 먼 거리이다.

비행하는 동안 프레젠테이션 준비를 했다.

계획 도면을 보며 어디에 어떤 건축물이 배치되는지를 일일이 확인했고, 공사 예정 단가와 공기를 확인했다.

이번 재개발 공사는 일반적인 국제 입찰과 약간 성격이 다르다. 각각이 계획 도면을 가져와 프레젠테이션을 한 뒤 밀봉

된 봉투에 공기와 예정 단가가 기록된 입찰서를 제출한다.

리우데자네이루 당국은 이를 검토한 뒤 우선 협상 대상자를 선정한다. 이후 협상을 통해 디자인과 공기, 그리고 건설 비용 등을 확정 짓는다.

값이 싸다고 해서 공사를 수주하는 것이 아니다. 한 번 건설하면 최소한 50년 이상은 사용할 것이기 때문이다.

서류를 찬찬히 검토하던 현수는 공사 대금 결재 방식을 보고 최 부장에게 시선을 준다.

"공사 대금을 정말 이것으로 받는다고 합니까?"

"네, 부사장님이 외유하시는 동안 총괄회장님 등 이사진 전원이 모여 결정하신 겁니다."

"흐으음, 하긴……."

현수는 고개를 끄덕인다.

양적완화 정책으로 달러화의 가치는 하락했고, 이후의 동향은 어떨지 감조차 잡을 수 없는 상황이다.

엔화와 위안화, 그리고 유로화까지도 모두 불안하다.

세계 경제가 지극히 유동적인 것이다. 언제 대공황이 닥쳐도 하나도 이상하지 않기에 천지건설은 공사를 수행하는 대가로 브라질의 지하자원을 요구하기로 했다.

자원 확보 차원이다.

브라질의 국토 면적은 8,514,880㎢이다. 99,720㎢인 대한민국보다 약 85.4배나 넓다.

그리고 세계 3대 농산물 수출국이자 세계 최대 식물군과 약초를 가진 신약 개발의 보고이다.

세계의 허파라 불리는 아마존엔 인간이 알지 못하는 식물이 다수 분포하고 있는 것으로 보고되어 있다.

뿐만이 아니다. 브라질은 막대한 광물자원까지 매장되어 있는 축복받은 국가이다.

철광석, 주석, 인산염, 원유, 석회석, 보크사이트, 석탄, 구리, 망간, 고령토, 크롬, 중정석[8], 우라늄, 아연, 금, 다이아몬드, 석영, 수정, 천연가스 등이 풍부하게 매장되어 있다.

천지건설은 공사 대금의 90%를 주석, 구리, 망간, 크롬, 중정석, 석영으로 받겠다고 계획했다.

원유와 천연가스는 제외되어 있다.

원유는 북한의 숙천유전으로부터 도입될 예정이고, 천연가스는 러시아의 차얀다 가스전으로부터 들여올 것이다.

이 밖에 아제르바이잔에서도 원유와 가스가 도입될 예정이며, 에티오피아에서도 원유를 가져온다.

브라질에서 한국까지 이것들을 들여오려면 이동 거리도 길고 유조선이나 가스 운반선처럼 돈이 많이 드는 선박을 써야 하기에 배제된 것이다.

---

8) 중정석(Barite) : 사방정계에 속하고, 바륨(Ba) 성분을 이용할 수 있는 광물. 백색 안료, 도료의 원료로서 중요하며 제지, 직물제조, 의료용으로 사용된다.

금이 제외된 것은 브라질의 경제 상황 때문이다.

최근 3년간 경제성장률은 평균 2.1%로 급격히 둔화됐고, 2014년 1분기는 마이너스 성장을 했으며, 물가는 최근 3년간 지속적으로 오르고 있다.

이럴 때 금이 빠져나가면 외환위기에 봉착될 수 있음을 알기에 제외시킨 것이다.

리우데자네이루 재개발 공사를 수주하기 위해 천지건설이 다각도로 연구한 것이지만 뭔가 부족하다.

워낙 큰 공사이기에 세계 유수의 건설사들이 모조리 달려들었을 것이 뻔하다. 이 정도만으론 당국자들의 마음을 완전히 사로잡을 수 없을 것이다.

다른 나라 건설사들도 이 정도는 준비하고 있을 것이기 때문이다.

그럼에도 회사에선 또 한 번의 기적을 기대하고 있다.

언론에선 리우데자네이루 공사를 수주할 경우 얼마만한 이득이 발생될 것인지에 대한 설레발을 잔뜩 늘어놨다.

그래서 국민들도 바라보고 있는 상황이다.

아제르바이잔 신행정 도시 건설 사업은 7,200만㎡ 규모이며, 최하 591억 5천만 달러짜리 공사이다.

한화로 약 71조 원이다.

아제르바이잔은 72㎢짜리 공사이지만 리우데자네이루는

이보다 훨씬 넓은 168㎢ 정도 된다.

아제르바이잔의 신행정 도시는 분당의 3.6배 규모지만 리우데자네이루는 8.4배에 이른다.

그리고 아제르바이잔은 아무것도 없는 허허벌판에 새롭게 도시를 건설하는 것이지만 리우데자네이루는 기존의 낡은 주택들을 모두 헐어내야만 한다.

당연히 리우데자네이루의 공사비가 훨씬 더 크다.

천지건설이 제안할 가격은 1,550억 8,000만 달러이다. 한화로 환산하면 약 186조 1천억 원이다.

이 공사는 한 번에 이루어지는 것이 아니라 9개 블록으로 나뉘어져 순차적으로 진행된다. 천지건설은 전체 공사 기간을 12년으로 예상하고 있다.

유례없이 짧은 공사 기간이 될 것이다.

참고로, 한화건설은 이라크 바그다드에서 남서쪽으로 약 10㎞ 떨어진 곳에 10만 가구를 수용하는 분당급 신도시 건설을 진행하고 있다. 공사비 총액은 80억 달러이며, 공사 기간은 7년으로 잡고 있다.

2014년 국토부 해외 공사 수주 목표는 700억 달러이다.

만일 천지건설에서 리우데자네이루 공사를 수주하게 된다면 단숨에 이 목표의 두 배 이상을 달성하게 된다.

뿐만 아니라 천지건설은 전 세계 건설사 TOP3 안에 등극

하게 된다. 만일 아제르바이잔 신행정 도시까지 연내에 수주
하게 되면 단숨에 세계 최고의 건설사로 올라선다.

그렇기에 현수가 이번 프레젠테이션을 성공리에 마치고
돌아오길 모두가 고대하고 있다.

이 공사를 수주하게 되면 중소기업 700개 이상이 동반하게
된다. 유리, 시멘트, 목재, 창호, 내장재, 외장재 등을 생산하
는 업체들이다.

현수는 회사에서 준비한 서류들을 모두 검토한 뒤 잠깐 눈
을 붙였다. 동행한 인원이 많아 결계를 치고 들어가 다른 일
을 볼 수 없는 상황이기 때문이다.

"자요?"

한참을 꿈속에서 헤매고 있는데 나직이 속삭이는 소리가
들린다. 사랑하는 아내 연희의 음성이다.

"왜?"

"그냥요. 다들 자는데 나만 깨어 있으니까요."

눈을 뜨고 보이 최 부장을 비롯한 모두가 곯아떨어져 있다.
프레젠테이션을 준비하느라 모두가 녹초가 된 때문이다.

"딥 슬립! 딥 슬립! 딥 슬립!"

스테파니를 비롯한 모두에게 수면 마법을 걸자 아주 곤한
잠 속으로 빠져든다.

"씰(Seal)!"

조종석의 문이 열리지 않게 하였으니 윌리엄은 나오고 싶
어도 나올 수 없을 것이다.

　현수는 연희에게 시선을 돌렸다.

　"자기는 안 졸려?"

　"저는 괜찮아요. 자기는요? 아까 엄청 집중하던데."

　다들 프레젠테이션을 준비하느라 날밤을 새웠지만 연희는
열외되었다. 외근 상태였던 때문이다.

　현수가 따로 지시한 사항이 있었기에 그것에 대한 자료 수
집을 하던 중이다. 인터넷만 연결되면 집에서도 할 수 있는
일이기에 재택근무를 하고 있었다.

　쉬고 싶을 때 쉬고, 먹고 싶을 때 먹고, 놀고 싶을 때 놀았
으며, 일하고 싶을 때 일했다.

　사실상 일의 양도 많지 않았다.

　수집된 자료는 중간보고 없이 현수에게 직접 하는 것이었
으므로 이를 아는 사람은 없다.

　그러니 피곤할 리가 없다.

　게다가 현수로부터 결혼예물로 받은 반지엔 늘 건상한 상
태를 유지케 하는 바디 리프레쉬와 면역력을 증강시켜 주는
임플로빙 이뮤너티 마법진이 새겨져 있다. 이 정도면 피곤하
고 싶어서 노력을 기울여도 피곤하기 힘들다.

　어쨌거나 연희는 눈빛을 반짝인다. 모두가 깊은 잠에 취했

다는 것을 알기 때문이다. 바로 옆에서 벼락이 떨어져도 쿨쿨 잠만 잘 것이다.

딥 슬립 마법은 인간이 취할 수 있는 가장 깊은 잠을 자게 하는 마법이기 때문이다. 이 마법의 원래 명칭은 퍼펙트 퍼렐러시스(Perfect paralysis)였다.

전투 중 부상을 입은 귀족, 또는 기사에게 외과적 수술을 하기에 앞서 걸던 마비 마법이다.

나중에 이보다 더 적은 마나가 소모되는 부분 마비 마법이 만들어진 후 명칭이 바뀌었다. 죽은 것처럼 깊은 잠을 자기에 딥 슬립이 된 것이다.

"당연히 난 괜찮지."

현수가 잡아당기자 연희는 힘없이 딸려와 품에 안긴다.

"어머!"

"지금부터 우리 둘이 놀까?"

"호호! 저야 좋죠."

연희는 그윽한 시선으로 현수를 바라본다. 어젯밤 지현은 현수의 집중 공격을 받고 기절 일보 직전까지 몰렸다.

오랜만에 보았으며, 또 며칠간 얼굴을 볼 수 없을 것이기에 현수와 일대일 만남을 가진 결과이다.

연희는 이번 프레젠테이션에 동행할 것이기에 스스로 양보하였다. 그렇기에 현수와 아직 회포를 풀지 못한 상태이다.

"으읍!"

두 개의 입술이 조금의 틈도 남기지 않고 맞붙었다. 그 사이로 서로를 사랑하는 영혼과 영혼의 교류가 이루어진다.

살짝 눈을 뜬 현수는 바르르 떨리는 연희의 속눈썹을 보는 순간 예전의 일이 떠올랐다.

여름휴가가 끝난 어느 주말에 같이 덕항산에 올랐다.

현수는 울창한 숲을 헤치며 앞서갔고, 연희는 노래하는 종달새처럼 이런저런 이야기를 하며 뒤따랐다.

올라갈 땐 손을 잡아 이끌었고, 하산할 땐 행여 발목이라도 겹질릴까 싶어 두 손을 내밀어 보호했다.

이 과정에서 손과 손이 닿았고, 가끔은 연희의 체중을 느낄 수도 있었다.

스킨십에 계속될 때마다 현수는 너무도 아름다운 연희와 사랑하는 사이로 발전되었으면 좋겠다는 생각을 했다.

회사에 가면 박진영 과장이 사사건건 시비를 걸어 둘이 접촉하는 것을 애써 막으려 하던 때이다.

업무가 끝나면 각자 자신의 집으로 갈 뿐 특별히 저녁 식사를 같이하거나 하지 않음에도 박 과장은 감시의 눈초리를 게을리하지 않았다.

그러다 주말이 되면 이 산 저 산을 오르내렸다.

박 과장은 무릎이 시원치 않다. 학창 시절 과한 운동을 하다 다친 결과이다. 그리고 빠른 진급을 위해 주말에도 쉬지 않고 회사에 나와 일을 했다. 그렇기에 연희와 현수가 등산을 함께할 수 있었던 것이다.

등산을 마치고 집에 돌아오면 현수는 잠을 이루지 못했다.

연희와 함께한 시간을 떠올리면 심장이 두근거린다.

너무도 아름답고, 너무도 부드러우며, 너무도 친절하고, 너무도 상냥한 천사였기에 잠시라도 함께했다는 생각만으로도 너무나 행복하던 시절이다.

물론 더 깊은 관계로 진전할 수 없는 안타까움이 공존해 입술은 바싹 마르고 속은 타들어가던 시절이다.

그런데 지금 품에 안겨 속눈썹을 바르르 떨고 있다. 일생을 함께할 너무도 사랑스런 배우자이다.

현수는 저도 모르게 안고 있던 손에 힘을 주었다. 연희는 연체동물처럼 딸려와 가쁜 숨을 내쉰다.

둘은 입술은 오래오래 붙어 있었다. 그러는 동안에도 비행기는 리우데자네이루를 향해 쉼 없이 날고 있다.

CHAPTER 07
저와 함께하시죠

비행기에 탑승하기 전 현수는 여러 사람을 만난 바 있다. 강병훈 해군참모총장, 송지호 육군참모총장, 그리고 김성률 공군참모총장이 그들이다.

이들의 공통점은 곧 예편하게 될 것이라는 것이며, 그 즉시 백수가 된다는 것이다.

현수는 자신에게 기댄 연희의 부드러운 머릿결을 쓰다듬으며 지난 며칠을 회상했다.

"아이고, 이게 누구십니까? 반갑습니다."

평택에 있는 해군 제2함대 심홍수 사령관이 환히 웃으며 자리에서 일어선다. 보고 싶지만 만나는 것조차 힘든 현수가 제 발로 온 때문이다.

"네, 반갑습니다. 그간 안녕하셨지요?"

"그럼요. 그럼요! 하하! 일단 앉으십시다."

"네."

"부관, 여기 차 좀 부탁해."

"네, 사령관님!"

부관이 물러간 후 현수와 심 소장은 자리를 마주했다.

"전화도 안 드렸는데 진짜 웬일이십니까? 몹시 바쁘신 분이잖아요. 혹시 해가 서쪽에서 뜬 겁니까?"

"에구! 그간 연락 못 드려서 미안합니다."

현수가 겸연쩍은 웃음을 짓자 심 소장은 다시 웃는다.

"우리 자주 좀 뵙고 살았으면 좋겠습니다."

어찌 무슨 뜻인지 모르겠는가!

"네, 당분간 자주 볼 듯합니다."

"오오, 그래요? 그거 듣던 중 반가운 소리입니다. 그나저나 진짜 웬일이십니까?"

"오늘 강 총장께서 이쪽으로 오신다 하여 만나뵈려고 왔습니다."

"아, 총장님이요? 네, 오늘 이곳으로 오신다 한 것 맞습니다. 조금 있으면 당도하실 겁니다. 그런데 무슨 일로······?"

여성가족부 해체 이후 강병훈 해군참모총장이 조만간 예편할 것이란 소문이 무성하다.

정권으로부터 괘씸죄를 산 이유 때문이다. 하여 해군함대를 방문하며 작별 인사를 나누는 중이다.

"오 장관님은 제가 모시기로 했습니다. 오늘은 강 총장님도 모시려고 왔습니다."

"아! 그렇습니까? 정말 다행입니다."

심 소장은 크게 고개를 끄덕이며 환히 웃는다.

존경하는 강 총장이 예편을 염두에 두고 있다는 게 가슴 아팠던 때문이다.

고위 장성이 물러나면 대개 정치권으로 흘러들거나 정부 투자기관이나 국가 산하연구소 같은 곳에 취업을 한다.

그런데 강 총장은 정권으로부터 이러한 배려를 기대할 수 없는 상황이다. 그렇다면 꼼짝없이 백수가 되어 연금이나 받으며 살아야 한다.

행동도 자유스럽지 못하다. 군사비밀 때문에 국가에서 파견한 경호요원들의 감시 아닌 감시를 받아야 하기 때문이다.

"양만춘함 등은 어떻습니까?"

"좋죠. 아주 최고입니다."

심 소장은 엄지손가락을 치켜세운다.

연료비가 12분의 1로 줄어든 것 때문만은 아니다.

수시로 테스트하는 스텔스 기능이 너무도 마음에 든다. 게다가 더 빨라지고 더 조용해졌다.

적의 어떠한 전함이라도 소리 없이 다가가 강력한 한 방을 먹이고 유유히 돌아 나올 수 있는 펀치력을 갖게 되었는데 어찌 좋지 않겠는가!

최근 양만춘함은 세종대왕함과 율곡 이이함, 그리고 서애 류성룡함을 상대로 훈련을 했다.

이들 셋의 공통점은 한국 해군의 이지스함이라는 것이다.

양만춘함은 이들 셋의 경계망을 뚫고 들어가는 데 성공했다. 작전은 야간에 이루어졌는데 100m까지 접근했음에도 이지스함들을 양만춘함의 존재를 잡아내지 못했다.

조용히 다가가 어뢰를 쏜다면 이지스함도 격침시킬 수 있음이 확인된 것이다.

한편, 이지스함들은 훈련 상황 개시 이후 촉각을 곤두세우고 침투조 역할을 맡은 양만춘함을 기다렸다. 그런데 가까이 다가왔다가 되돌아갈 때까지 전혀 눈치채지 못했다.

이틀 전의 일이다.

현재에도 이지스함들은 온 신경을 모아 언제 올지 모를 양만춘함을 기다리는 중이다.

같은 해군이지만 아직은 그들에게도 비밀인 때문이다.

"강 총장님께서 물러나시면 후임은 어떤 분이 될까요?"

"그게……."

심 소장은 잠깐 이맛살을 찌푸렸다. 차기 참모총장 물망에 오른 인물은 둘이다. 둘 다 심 소장이 초급장교 시절에 만났던 사람이다. 그런데 둘 다 마음에 들지 않는다.

하나는 너무 약삭빠르다. 아부신공으로 현재의 위치까지 올라갔다는 평을 받는 사람이다.

진급을 위해서라면 언제든 자신의 소신을 굽힐 수 있는 인물이기에 박쥐라는 별명을 갖고 있다.

간에 붙었다 쓸개에 붙었다 반복하면서도 낯 한번 붉히지 않는 인물이다.

다른 하나는 신중하다는 평가를 받지만 심 소장은 무능하다고 평가한다. 소신이라곤 없다. 무사안일을 추구하며 책임을 남에게 떠미는 스타일이다.

이런 사람이 차기 참모총장이 되면 해군의 앞날은 뻔하다. 그나마 최고가 현 상황 유지 정도가 될 것이다.

현수는 심 소장이 이맛살을 찌푸리자 내심을 짐작했다.

"양만춘함의 비밀을 지켜줄 수 있는 분입니까?"

"그게… 아마도 어려울 듯합니다."

"흐음! 그래요?"

현수 역시 이맛살을 찌푸린다. 양만춘함의 비밀은 당분간 유지되어야 한다. 만일 차기 참모총장이 이를 떠벌리고 다니면 운신의 폭이 줄어들게 될 것이다.

미국, 일본, 지나, 러시아의 시선이 한 몸에 부어질 것이기 때문이다. 특히 미국의 경우엔 기술을 내놓으라는 협박을 서슴지 않을 확률이 매우 높다.

"두 사람 중 누가 더 유력합니까?"

"으음! 내 생각엔 박무성 중장이 더 확률이 높을 것 같습니다."

심 소장은 아부신공의 달인을 선택했다.

지금 이 시간에도 참모총장이 되기 위해 불철주야 손바닥을 비비고 있을 것이기 때문이다.

"그렇군요. 잘 알겠습니다."

비밀을 유지하려면 입을 열지 못하도록 하면 된다.

차기 총장이 될 사람이니 살인멸구할 수는 없다. 그렇다면 방법은 절대충성 마법 하나뿐이다.

"그나저나 오신 김에⋯⋯."

심홍수 소장은 은근한 표정으로 현수를 바라본다. 전함 개조 작업을 부탁하려는 것이다.

"오늘은 어렵습니다. 곧 브라질로 출장을 가야 해서요. 다녀온 뒤에 방문하면 안 되겠습니까?"

"아이고, 왜 안 되겠습니까? 당연히 되죠. 됩니다, 돼요!"

심 소장은 기분 좋은 듯 환히 웃는다. 현수가 손을 대면 무엇이든 두 단계 이상 업그레이드된다. 돈도 별로 들지도 않으니 그야말로 꿩 먹고 알도 먹는 셈이다.

  당연히 기분이 좋다. 이때 부관이 들어와 찻잔을 내려놓고 나간다. 그리곤 곧 강병훈 총장이 도착했음을 알린다.

  "아이고, 이게 누구십니까? 반갑습니다."

  "네, 반갑습니다, 총장님."

  함대 사령관실에 들어선 강병훈 총장은 현수를 보며 환히 웃는다. 해군 전력이 든든해진 때문일 것이다.

  잠시 후, 셋은 한 자리에 앉았다.

  "심 소장, 나 곧 옷 벗는 거 알지?"

  "네, 아쉽습니다, 총장님."

  심홍수 소장은 강직한 강 총장이 계속 해군을 맡아주길 원했지만 이는 뜻대로 될 일이 아니다.

  "그간 애써줘서 고맙다는 말을 하러 왔네."

  "네."

  아쉬움을 어찌 말로 표현하겠는가! 그렇기에 심 소장의 대답은 짧았다. 대신 눈빛으로 대답했다.

  "오늘 술이나 한잔하세."

  "네, 총장님. 제가 모시겠습니다."

"아냐, 아냐. 내가 사야지. 그동안 내게 섭섭한 게 있었을 텐데 그걸 털어내려면 내가 사야지. 안 그런가?"

"…알겠습니다."

심 소장은 고개를 끄덕인다. 이때 강 총장의 시선이 현수에게 향한다.

"그나저나 김 회장님은 이곳에 웬일이십니까? 심 사령관, 오늘 손보는 전함이 있나?"

"아닙니다. 김 회장은 총장님을 만나려 온 겁니다."

"나를?"

이유가 뭐냐는 눈빛으로 바라본다. 현수는 심 소장이 곁에 있지만 입을 연다.

"오 전 장관님으로부터 3군 총장님들이 예편하시게 될 것이란 이야기를 들었습니다."

"……!"

강 총장은 대꾸 대신 고개만 끄덕인다.

송지호 육군참모총장과 김성률 공군참모총장 역시 자신처럼 아끼던 부하들을 만나는 중이란 걸 알기 때문이다.

"저는 강 총장님은 이실리프 자치령을 모시고 싶은데 어떠십니까?"

"이실리프 자치령이요?"

무슨 의미냐는 표정이다.

"콩고민주공화국엔 두 개의 자치령이 있습니다. 반두두와 비날리아 지역이지요. 그곳 모두 총장님께서 맡아주셨으면 합니다."

"……!"

"콩고민주공화국이 싫으시면 에티오피아의 아와사 지역을 맡으셔도 됩니다."

"아와사요?"

"네, 약 10만㎢라 대한민국 영토보다 약간 넓습니다. 그곳의 방위와 치안 부분을 맡아주셨으면 합니다."

"10만㎢라고요?"

강 총장은 넓이에 놀란 듯하다.

"네, 그런데 아쉽게도 바다에 접해 있지 않아 해군은 가질 수 없습니다. 대신 육군과 공군 전력은 갖춰야 하는 곳입니다. 아울러 경찰도 있어야겠지요."

"으으음!"

느닷없는 주문이라 그런지 낮은 침음만 낸다.

"참, 법률 부문도 맡아주셔야 합니다."

국방장관과 경찰청장에 이어 법무장관직까지 수행하라는 뜻으로 받아들인 강 총장은 심 소장에게 시선을 준다.

"가시죠! 여기보다 나을 겁니다. 김 회장님하고 같이 일하는 편이 훨씬 속이 편하실 겁니다."

"그럴까?"

강 총장은 잠시 숙고에 들어간다. 그러는 사이 그곳에서 해야 할 일에 대한 설명이 이어진다.

"오 전 장관님께서는 몽골 자치령을 맡으셨습니다."

"아, 그런가요?"

강 총장은 오정섭 전 국방장관이 거취를 확정했다는 말에 고개를 번쩍 든다.

"누군가의 호불호 때문에 자리에서 물러서는 일은 없을 겁니다. 총장님의 뜻을 마음껏 펼치시도록 지원을 약속하죠."

"…좋습니다. 가죠. 나는 에티오피아 쪽이 끌리는군요."

"네, 그러세요. 가시는 길에……."

현수는 원하는 사람들을 채용할 권리는 주겠다는 말을 했다. 물론 자치령에 발가락조차 들여놓지 못할 인간들에 대한 설명도 해주었다.

강 총장은 다이어리를 꺼내 새로운 상관이 된 현수의 말을 메모했다.

"알겠습니다. 그런데 이제부터 김 회장님을 뭐라 불러야 하는지요?"

"그냥 김 회장이라 불러주십시오. 총장님은 이제부터 통령이라 부르도록 하겠습니다."

"감축드립니다, 통령님!"

심홍수 소장이 환히 웃으며 축하의 뜻을 표한다.

해군참모총장에서 곧바로 국방부장관과 법무장관, 그리고 경찰청장 자리까지 거머쥔 셈이기 때문이다.

"고맙네. 신임 총장이 임명되면……."

강 총장은 자신의 후임이 될 자들의 면면을 알고 있다. 그렇기에 후임자에 대한 이야기를 한다.

둘 중 유력한 것은 박무성 중장이다. 그가 신임 총장이 되면 어떤 일이 벌어질지 뻔하다.

분명 현 정권과 야합할 것이니 해군의 발전은 뒷전이 될 것이다. 또한 합참의장이나 국방부장관 자리에 오르려 온갖 술수를 부릴 것이다. 그게 여의치 않으면 국회의원이 되기 위한 일을 하느라 바쁠 것이다.

게다가 친미 성향이 강하다. 따라서 해군 함정들의 변화를 알게 되면 그날로 청와대에 보고가 들어갈 것이다.

이는 해군에게 있어 재앙이다.

미국은 즉각 함정 공개를 요구할 것이다. 이제 간신히 마음에 드는 수준에 올랐는데 그렇게 되면 곤란한 일이다.

"그러니 보고를 자제해 줬으면 하네."

"당연한 말씀이십니다. 걱정 마십시오. 입 꾹 다물고 각별히 보안을 유지토록 하겠습니다."

"그래주게."

강 총장은 심 소장을 믿는다. 하지만 밑의 장병들까지 모두 믿을 수 있는 것은 아니다.

6월이 되면 정기인사가 있을 예정이다.

2함대 소속 장병 가운데 일부가 다른 곳으로 옮겨갈 수 있음을 의미한다. 그들이 보고 들은 것을 털어놓으면 문제될 수 있다.

강 총장은 급히 다이어리를 꺼내 뭔가를 메모했다.

퇴임 전에 인사 발령을 내되 2함대 소속 장병들의 이동을 제한하여야 한다는 내용이다.

메모를 마친 강 총장은 현수에게 시선을 준다.

"회장님, 퇴임 전에 부탁드리고 싶은 게 있습니다."

"…말씀하십시오."

"KDX 시리즈만이라도……."

강 총장의 말은 이어지지 못했다. 무슨 뜻인지 알아차린 현수가 먼저 고개를 끄덕인 때문이다.

"알겠습니다. 그렇게 하지요. 해군이 강해지면 강해질수록 우리나라가 든든해지는 거니까요."

"감사합니다."

"책임지고 KDX 시리즈 전체를 손봐 드리겠습니다."

"감사합니다. 이제 마음 편히 사표를 던질 수 있게 되었습니다. 모든 게 회장님 덕분입니다. 감사합니다."

강 총장은 자리에서 일어나 정중히 허리까지 숙인다. 해군의 일원으로서 진심으로 감사하다는 뜻을 표하는 것이다.

"저도 감사드립니다."

심 소장 역시 정중히 허리를 숙인다.

"참, 자네는 1함대로 가게."

"네? 그게 무슨……?"

"자네를 1함대 사령관으로 낙점했으니 그런 줄 알게."

"총장님!"

심홍수 소장은 강병훈 참모총장을 바라보며 말을 잇지 못한다. 해군 초급장교 시절부터의 꿈이었기 때문이다.

"너무 늦게 보내줘서 미안하네."

"아, 아닙니다. 고맙습니다."

심 소장은 울컥하는 마음에 말을 잇지 못한다.

현수는 강 총장, 그리고 심 소장과 더불어 맛깔난 저녁 식사를 마쳤다. 그리곤 다음 행선지인 계룡대로 향했다.

"필승! 어떻게 오셨습니까?"

공군본부 입구에서 위병근무 중이던 장교의 경례를 받은 현수는 가볍게 고개를 숙여주었다. 군인이 아니니 같이 경례를 할 수 없기 때문이다.

"김성률 참모총장님과 약속이 되어 있습니다. 김현수라 하면 아실 겁니다."

"네, 알고 있습니다. 자, 잠시만 기다려 주십시오."

위병사관인 김성근 중위는 기다리던 인물이 왔음에 얼른 위병소로 뛰어들어간다. 그리곤 곧장 다시 뛰어나왔다.

"김 회장님, 신분증 부탁드립니다."

"네, 여기 있습니다."

김 중위는 축구광인지라 축구의 신으로 추앙받는 현수의 얼굴을 너무도 잘 알고 있다. 그래도 어쩌겠는가! 규칙은 규칙인지라 주민등록증을 받고는 방문자 패찰을 건네준다.

"저어, 제가 안내해 드려도 되겠습니까?"

"그러시죠. 제 차로 가죠."

"알겠습니다."

흔쾌히 고개를 끄덕이곤 차로 돌아간다. 조수석에 앉은 김 중위의 안내를 받아 총장실로 갔다.

"필승! 이렇게 만나 뵙게 되어 영광이었습니다."

"네, 저도 반가웠습니다. 수고하셨습니다."

"네! 필승!"

김 중위는 상기된 표정으로 다시 경례를 붙이고 돌아간다. 축구의 신과 악수를 했다는 감격에 겨운 표정이다.

"하하하! 김 회장님, 어서 오십시오."

"네, 총장님. 그간 안녕하셨지요?"

"물론입니다. 자, 이쪽으로……."

자리에 앉자 기다렸다는 듯 음료수를 내온다. 그런데 군부대에서 볼 만한 음료가 아니다.

고급 호텔 라운지에서나 볼 만한 비주얼을 가진 잔에 담긴 것은 나탈리스 주스일 것이다.

미국 오렌지주스 콘테스트에서 8관왕을 거머쥔 냉동 주스로 백악관에도 납품된다.

가장 잘 익었을 때 수확하여 깨끗이 세척한 후 착즙하는 즉시 급속 냉동시킨 것으로 100% 과즙 주스이다.

콩고민주공화국 자치령에서 생산될 과일을 이용한 최고급 음료로 비슷한 것을 기획하고 있기에 잘 알고 있다.

어쨌거나 이곳으로 오겠다는 전갈을 미리 넣었더니 준비해 둔 모양이다.

"좋은 소식이 있어서 오신 거죠?"

김성률 총장은 환한 웃음을 지어 보인다.

현수 덕분에 일본과 지나와 한판 붙어도 지지 않을 자신감이 붙은 때문이다. 어찌 무슨 의미인지 모르겠는가!

"네, 조만간 시간 내서 나머지 전투기들도 손봐 드리겠습니다. 그 정도면 되지요?"

"감사합니다. 감사합니다."

김 총장은 진심을 담아 고개를 숙인다. 공군의 수장으로서 현수로부터 은혜를 입었다고 생각한 때문이다.

"오늘 총장님을 찾아뵌 건……."

강병훈 해군참모총장에게 한 말을 다시 했다. 김 총장은 잠시 망설이는 표정을 지었으나 이내 고개를 끄덕인다.

"저 같은 사람에게 너무 과분한 자리를 제안해 주셨습니다. 하지만 최선을 다해 보필해 보도록 하겠습니다."

논의 끝에 김성률 공군참모총장은 콩고민주공화국의 치안과 방위, 그리고 법률 부문을 맡아주기로 했다.

직위는 당연히 통령이다. 본인이 지휘할 인원에 대한 선발권도 주었다. 다만 제아무리 충성심 강하고 능력이 있다 하더라도 이실리프 그룹에서 받아들이지 않는 것으로 결정한 부류의 인간들은 제외시키기로 했다.

마지막으로 만나본 건 송지호 육군참모총장이다. 그 결과 이실리프 러시아 자치령의 통령을 맡기로 했다.

자치령이 지나와 국경을 접하고 있으니 당연히 군사력을 갖춰야 하기 때문이다.

그런데 자치령에서 군사력을 갖는 것은 여러모로 조심스러운 일이다. 자칫 러시아와의 우호관계에 금이 갈 수도 있기 때문이다.

그렇다 하여 마냥 손 놓고 있을 수만은 없다.

사람이 살다 보면 상황이 어찌 변할지 알 수 없는 일이기 때문이다. 따라서 만일의 사태를 준비해야 한다.

그렇기에 송지호 총장에게 러시아의 치안과 방위를 맡긴 것이다.

처음엔 고사했지만 유사시 몽골 자치령의 군사들과 합동 작전을 하게 될 것이란 말을 듣고는 곧바로 수락했다.

두 자치령 모두 지나의 국경과 접해 있어 적정 수준의 군사력을 가져야 한다. 그래도 지나의 군사력을 압도할 수준은 되지 못할 것이다.

인구 자체가 적을 것이기 때문이다.

각각의 자치령 인구는 300만~500만 명을 목표로 하고 있다. 노인과 아이들이 포함된 숫자이다.

300만 명일 경우 절반 정도가 여성이다. 150만 명의 남성 가운데 50만은 노인이고 50만은 아이이다. 나머지 50만 명 중에 얼마를 군사로 활용할 수 있겠는가!

2014년 현재 대한민국의 병력 수는 약 65만 3천 명이다. 전체 인구에 대한 비율은 1.3% 정도이다.

같은 비율을 자치령에 적용할 경우 병사의 수효는 많아야 4만 명 수준이다. 자치령 인구가 500만 명일 경우엔 약 6만 명이 병사로 활용 가능하다.

그런데 지나는 공식적인 숫자만 13억 5천만 명이다. 몽골 자치령과 비교하면 270~450배나 된다.

병사의 수효는 200만 명을 훌쩍 넘겼다. 게다가 온갖 무기를 다 갖추고 있다.

여러모로 위협적인 존재이다.

하지만 다행히도 지나는 결코 러시아를 넘볼 수 없다.

푸틴의 분노를 사면 삽시간에 전 국토가 전화(戰禍)에 휘말릴 수 있음을 알기 때문이다. 따라서 러시아 자치령 내에서 합동군사훈련을 통해 준비하면 된다.

송지호 총장은 예편하는 즉시 러시아로 날아가 유리 파블류첸코와 안드레이 자고예프를 만나기로 했다.

서로 협력해야 할 관계이기 때문이다.

총장이 수락할 수밖에 없던 것은 현수가 K—2 전차의 파워팩 문제와 연비 등을 확실하게 개선시켜 준다는 약속을 한 때문이다.

정치적인 이유로 예편은 하지만 진정으로 육군을 아끼기에 흔쾌히 고개를 끄덕인 것이다.

이로써 러시아, 몽골, 콩고민주공화국, 그리고 에티오피아 자치령의 방위와 치안, 법률 부문의 책임자 선정이 끝났다.

러시아의 개발은 유리와 안드레이가 맡았다. 몽골은 남바린 엥흐바야르에게 맡길 예정이다.

콩고민주공화국은 신형섭 천지건설 사장에게 맡기는 건 어떨까 싶다. 엄청난 공사들을 수주했으니 천지건설 사장으로서 느낄 성취감 또한 대단할 것이다.

그런데 자치령을 맡으라고 하면 이를 빼앗는 결과가 될 수 있기에 신중한 접근이 필요하다.

에티오피아 자치령 개발은 장인인 권철현 고검장이 어떨까 싶다. 아직 정력적으로 일할 나이이다. 여기에 마나포션과 마법이 더해지면 최하 20~30년은 거뜬할 것이다.

문제는 본인이 원하는가의 여부이다. 이건 제안을 해봐야 알 일이다.

*　　　*　　　*

"잠시 후 리우데자네이루 국제공항에 착륙할 예정입니다. 안전을 위해 착석하시고 안전띠를 매주시기 바랍니다."

윌리엄 기장의 안내방송을 들은 일행은 자신의 자리로 돌아가 안전띠를 맸다. 잠시 후, 자가용 제트기는 부드럽게 활주로 위로 내려앉는다.

보잉 747-400 기종의 경우 인천공항에서 미국 로스앤젤레스까지 약 670드럼(1드럼은 50갤런)의 항공유가 소모된다.

인천공항에서 리우데자네이루까지 중간 기착 없이 직진할

경우는 약 1,340드럼의 항공유가 필요하다.

현수의 자가용 제트기 Aerion사의 Supersonic Business Jet 는 최고 마하 1.6의 속도로 비행하게 설계되어 있다.

일반 여객기에 비해서 약 두 배 빠른 속도이다.

8~12명의 승객을 태우고 7,400㎞를 비행한다.

따라서 중간에 급유를 받아야 리우데자네이루까지 비행 가능하다. 그럼에도 김포공항에서 곧장 날아왔다.

출발 전 현수가 기체 점검을 받을 때 이것저것을 손보았기 때문이다.

현수는 가장 먼저 중간 급유나 기착 없이 리우데자네이루 까지 초고속 비행을 할 수 있도록 엔진 성능을 손보았다.

그 결과 비행 거리가 12배 늘어 한 번 급유하면 88,800㎞나 비행 가능하다. 지구를 두 바퀴 이상 도는 거리이다.

다음은 스텔스 기능과 투명 기능을 추가했다.

조종석 계기판 위쪽에 스위치를 부착시켜 스텔스 기능과 투명 기능을 켜고 끌 수 있도록 하였다.

윌리엄 스테판 기장과 스테파니는 절대충성 마법에 걸려 있으니 이래도 된다.

아무튼 이 기능을 늘 켜놓고 다니지 않는 이유는 레이더에 잡히지도 않고 보이지도 않는 비행기가 착륙하겠다고 하면 문제가 될 것이기 때문이다.

이 기능은 평상시엔 사용되지 않는다.

적외선 탐지 및 열추적 미사일로부터 안전할 마법진도 설치되어 있기 때문이다. 이것은 늘 켜놓고 다닌다.

이 마법진만으로도 부족하다 싶을 때 비로소 스텔스 기능과 투명 기능이 구현될 것이다.

다음으로 추락 방지 마법진을 설치했다.

이제 이 자가용 제트기는 유사시 고도 100m에 멈춘다.

연후에 조금씩 고도를 낮춰 뛰어내려도 안전한 곳까지 하강시킬 수 있고, 더 높은 곳까지 올라갈 수도 있다.

현수가 양평 저택 옥상의 결계 속에 머무는 동안 반중력 마법의 고도 조절 이론을 완성시킨 결과이다.

50㎝ 단위로 고도를 높이거나 낮출 수 있는데 최고 높이는 2,400m이다.

훨씬 더 높일 수도 있지만 이 높이를 최고로 설정한 이유는 더 높으면 고산병이 발생할 수 있기 때문이다.

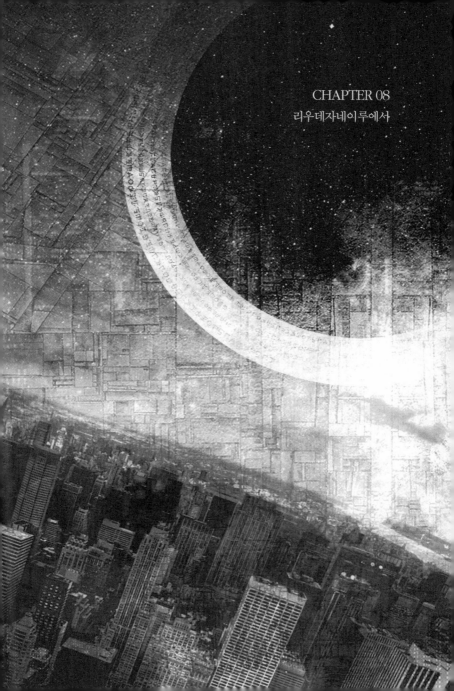

CHAPTER 08
리우데자네이루에서

높은 곳은 낮은 곳보다 산소가 부족하다.

따라서 호흡을 해도 산소의 흡입이 부족하여 그것을 보상하기 위해 호흡수가 늘어난다.

이럴 경우 혈액의 점성이 떨어진다.

또한 산소 공급이 원활하지 않아 두통이 심해지는 등 여러 신체변화가 일어나는데 이를 고산병이라 한다.

이 밖에 공기정화 마법진이 추가되었다. 오랜 시간 비행을 해도 공기가 탁해지는 것을 막아준다.

마지막으로 블링크 마법진이 추가되었다.

유사시 항공기 본체가 현 위치로부터 300m가량 떨어진 곳으로 위치가 변경된다.

예상치 못한 충돌을 대비한 조치이다.

이 정도면 가족들이 타고 다녀도 안심할 듯싶다.

＊　　　＊　　　＊

"어서 오십시오. 리우데자네이루에 오신 여러분을 진심으로 환영합니다."

입국검사장의 사내가 웃는다. 의례적인 미소일 것이다.

현수는 일행을 대표하여 입국신고서를 제출하였다.

브라질은 포르투갈의 식민지였기에 포르투갈어를 사용한다. 그리고 리우데자네이루 공항은 외국인이 많이 드나듦에도 영어에 능통한 직원이 많지 않은 곳이다.

그렇기에 세상 모든 언어에 달통한 현수가 나선 것이다.

"오오! 동양인이 이렇게 포르투갈어를 잘하는 것은 처음입니다. 일행분 모두 통과입니다."

"네, 감사합니다. 수고하셨어요."

"하하! 네. 그런데 코리언이라고 했죠? 혹시 그룹 다이안을 아십니까?"

"그럼요. 아주 잘 알죠. K—Pop을 좋아하시나 봅니다."

"네, 특히 지현에게와 첫 만남이 아주 좋습니다."

"저도 그렇습니다. 그리고 저는 지현이가 아주 좋습니다."

"네? 뭐라고요?"

"하하! 그런 게 있습니다. 이만 가도 되죠?"

"물론입니다. 리우에서 좋은 추억만 가져가시길 빕니다."

최 부장 등은 현수를 보며 다시 한 번 고개를 젓는다.

출발하기 며칠 전부터 수시로 포르투갈어를 공부하는 모습을 보였다. 그런데 단 며칠 만에 현지인과 농담을 주고받을 정도로 능숙하게 포르투갈어를 구사할 것이라곤 예상치 못한 때문이다.

"자, 갑시다."

"네, 그런데 우리 어디로 갑니까?"

구본홍 대리의 물음에 현수는 대답 대신 연희에게 시선을 주었다. 연희가 일행의 예약담당인 때문이다.

"우리 숙소는 코파카바나 해변에 위치한 윈저 아틀란티카(Windsor Atlantica)호텔이에요. 5성급이죠."

"와아! 정말요?"

구 대리가 눈을 크게 뜬다. 첫 해외 출장을 5성급 호텔에서 머문다는데 어찌 좋지 않겠는가!

"네, 오늘과 내일은 휴식이니 마음껏 즐겨도 됩니다."

"와아!"

구 대리가 눈빛을 반짝인다. 비록 리우 카니발 시기는 놓쳤지만 꿈에 그리던 코파카바나 해변의 백사장을 거닐 수 있다는 것만으로도 만족하기 때문이다.

구 대리는 슬쩍 스테파니를 바라본다. 스튜어디스 제복 속에 감춰진 늘씬한 교구를 떠올리는 것이다.

스테파니는 이를 느꼈는지 슬쩍 구 대리를 바라보곤 윙크를 한다. 싫지 않다는 뜻이다.

호텔에서 보내준 차를 타고 공항을 출발함과 동시에 유민우 대리의 수다가 시작되었다. 그런데 주로 감탄사이다.

브라질 여인네들의 화끈한 몸매에서 시선을 떼지 못하고 계속 신음과 감탄사가 섞인 말을 토해놓는다.

"우와아! 저기 저 아가씨 좀 보세요. 빵빵해요. 흐미! 몸매 한번 지독하게 착하네요. 그렇죠?"

"케엑! 저, 저길 좀 봐요. 저기 저 금발이요! 잘록한 허리에 끝장나는 히프! 와아, 정말 죽여주네요."

"와우! 저기 저 여인네는… 가슴이… 크으으! 이러다 코피 쏟겠어요. 정말 화끈하네요."

시선을 돌리던 현수는 저도 모르게 고개를 끄덕인다. 그런데 슬쩍 옆구리가 따끔하다. 연희가 꼬집은 것이다.

물론 별로 아프지는 않다. 하여 미소 띤 얼굴로 물었다.

"강 과장 보기엔 저 아가씨 몸매가 별로인가요?"

남들이 있기에 한 말이다.

"치이! 예쁘긴 뭐가 예쁘다고. 별로네요!"

누가 들어도 질투 섞인 대꾸였기에 모두들 큰 소리로 웃는다. 당연히 현수도 포함되어 있다.

"하하! 하하하하!"

호텔에 당도해 각자 머물 방을 배정했다. 5성급 호텔을 일인 일실로 배정하니 모두들 흡족해한다.

현수 역시 다른 직원들과 똑같은 객실을 쓴다. 좌측은 연희가 머물고, 우측엔 최 부장이 쓴다.

짐을 푸는 즉시 수영복 차림으로 모이기로 했다. 말로만 듣던 코파카바나 해변에서의 해수욕을 결의한 것이다.

현수는 수영복 위에 헐렁한 반바지와 티셔츠를 입고 모자와 선글라스로 마감했다. 연희 역시 비슷한 차림이다.

"와아! 바다다!"

바닷가에 당도하자 유민우 대리는 흥분되는지 방방 뜬다.

헐벗은 여인네들이 해변 가득 널려 있으니 왜 안 그렇겠는가! 헌팅 타임이라며 잔뜩 흥분해 있다.

해변에 당도하여 비치파라솔을 빌렸다.

파라솔 하나당 의자가 두 개인데 16헤알이란다. 우리 돈으로 만 원도 안 된다. 사용시간을 물어보니 시간제한도 없다고 한다.

바가지만 씌우는 한국의 어느 해변과 너무나 차별된다.

파라솔 안에 들어가 앉으니 수박과 코코넛을 파는 상인이 다가온다. 살짝 얼린 수박 맛은 최고였다.

코코넛 음료도 시원해서 좋았다.

"오늘 하루 마음 편히 쉬죠. 이제부턴 저 신경 쓰지 마시고 여기저기 구경도 하고 그러세요."

"네, 부사장님."

최 부장은 윗사람 모시기 신공을 풀고 새우를 파는 노점상에게 향한다. 배가 몹시 고팠나 보다.

"여기 정말 좋은데요?"

이번엔 구본홍 대리이다. 사방에 널려 있는 미녀들의 헐벗은 몸매를 감상하며 군침 삼키기를 주저하지 않고 있다.

그 어느 때보다도 눈빛이 형형하다. 그러다 멀리서 다가오는 스테파니에게 시선을 준다.

군계일학(群鷄一鶴)!

스테파니의 몸매는 다른 여인들을 충분히 압도할 만큼 글래머러스(Glamorous)했다.

구본홍은 시선을 고정시킨 채 다가오는 스테파니를 바라보며 입을 딱 벌리고 있다. 침이라도 흘릴 기세이다.

"구 대리, 밀어줄 테니 잘해봐요."

"네? 아, 네, 감사합니다, 사장님!"

구본홍은 얼른 고개를 꾸벅하고는 스테파니에게 달려간다.

해변의 날파리들이 달려들기 전에 공주를 수호하는 기사처럼 착 달라붙어 여하의 접근도 차단하려는 의도이다.

현수는 피식 웃어주고는 시선을 돌렸다. 연희가 다가오고 싶은데 그러지 못하고 있는 모습이 보인다.

"미안."

남들 귀에는 들리지 않게 입만 벙긋거려 주었다. 연희는 고개를 끄덕이고는 시선을 돌려 시원한 바다를 바라본다.

그러다 언제 이런 곳에 또 오겠나 싶었는지 바다로 달려간다. 워낙 몸매가 좋기에 한 마리 영양이 달리는 것 같다.

"에구!"

현수는 걸치고 있던 상의와 하의를 벗었다. 연희는 모델을 할 정도로 예쁜 여인이다.

바람둥이들의 표적이 될 확률이 매우 높다. 그렇기에 보호 차원에서 따라나선 것이다.

연희의 뒤를 따르며 슬쩍 일행을 바라보니 최 부장은 새우를 먹느라 정신이 없고, 구본홍은 스테파니와 희희낙락하고 있다.

연애 전선 이상 무인 듯싶다.

유민우는 어디로 갔는지 보이지 않아 사방을 둘러보니 저쪽에서 웬 늘씬한 여인들에게 수작을 걸고 있다.

윌리엄 기장은 장시간에 걸친 비행을 마친 상태인지라 객실에서 쉬고 있는지 보이지 않는다.

연희와 다정스럽게 놀아줘도 괜찮은 시간인 듯싶지만 그래도 남들의 시선을 고려하지 않을 수 없다. 코파카바나 해변은 의외로 한국인이 많이 찾는 곳이기 때문이다.

현수의 몸은 볼륨이 크지는 않지만 섬세한 근육으로 뒤덮여 있어 보기에 좋다. 하여 해변에 있는 여인들의 시선이 쏠렸지만 그러거나 말거나 연희의 뒤만 따라다녔다.

그렇게 하다 보니 어느덧 사람들이 적은 곳에 당도했다.

조금 전에 지나친 곳은 한 떼의 청년이 축구를 하고 있었다. 그 때문에 사람들의 접근이 적었던 것이다.

이곳을 지나치고 나니 이번엔 두 사내가 캐치볼을 하고 있다. 둘 다 한 덩치 하는데 먼 쪽에 있는 사내가 조금 더 커 보인다.

눈대중으로는 신장 190㎝, 체중 100㎏ 정도이다.

휘익—! 퍽—! 휘익—! 퍽—!

한눈에 보기에도 예사 실력이 아니다.

상당히 빠른 공을 주고받고 있으니 근처에 사람이 없다. 빗맞아도 엄청나게 아플 것이기 때문이다.

"어이, 엘리스! 조금 더 멀리?"

"OK! 벌리자!"

두 사내는 대략 40m 정로로 거리를 더 벌린 뒤 다시 던지기 시작한다.

휘익—! 퍽—! 휘익—! 퍽—!

이들에게 잠시 시선을 주던 현수는 해변의 연희에게 향했다. 깊은 곳으로는 가지 말라고 말하려는 의도이다.

이때였다.

휘이익—!

누군가의 휘파람 소리에 시선을 돌려보니 캐치볼을 하던 사내가 손짓한다. 보아하니 공을 놓친 모양이다.

어느새 해변까지 굴러온 공을 주워 드니 저쪽의 사내가 던지라는 몸짓을 한다. 현수는 먼 쪽의 사내를 바라보고는 공을 던졌다. 약100m 정도 떨어진 거리이다.

쒜에에엑—!

"아차!"

퍼억—!

쏘아진 총알처럼 거의 직선거리로 비행한 공이 사내의 글러브 속으로 파고든다.

"……!"

앞쪽의 사내가 깜짝 놀란 표정을 짓는다.

포물선이 아닌 때문이다. 현수는 쓴웃음을 지었다. 거리가 있기에 저도 모르게 강하게 던진 것이다.

하지만 이내 시선을 돌려 연희를 찾았다. 모래사장 아래에 조개라도 있는지 쭈그려 앉아 땅을 파고 있다.

"쩝—!"

현수는 연희로부터 멀지 않은 곳에 자리를 잡고 앉았다.

햇살이 강렬했지만 별문제 되지 않는다. 눈에 보이지 않는 실드가 자외선을 차단하는 중이기 때문이다.

이는 연희에게도 적용되어 있다. 사랑하는 아내가 따가운 햇살 때문에 피부 손상을 입은 걸 어찌 두고 보겠는가!

하여 눈치채지 못하게 슬쩍 마법을 걸어준 것이다.

연희는 조개 캐는 재미에 시간 가는 줄 모르고 열중하고 있다. 작은 것에도 행복을 느끼는지 미소 띤 얼굴이다.

현수 역시 흐뭇한 표정으로 바라보고 있다. 이때였다. 한 줄기 그림자가 드리워진다.

"Hey, Mister."

"Who……?"

시선을 돌려 보니 캐치볼을 하던 사내들이다.

"My name is Andrew James Ellis. Do you know me?"

그러고 보니 눈에 익다. 류현진과 같은 팀 소속이다. 그래도 확인은 해야 한다.

"AJ Ellis? LA Dodgers' ……?"

현수가 엘리스를 아는 이유는 류현진의 전담 포수였기 때문이다.

엘리스가 시즌 중임에도 이곳 코파카바나 해변에서 어슬 렁거릴 수 있는 이유는 부상 때문이다.

2014년 4월 6일, 안드레 이디어(Andre Ethier)가 안타를 쳤을 때 2루에서 홈으로 돌진하다 왼쪽 무릎을 다쳐서 수술을 받았다. 그리곤 따뜻한 이곳으로 와서 재활하는 중이다.

"Yes. Nice to meet you! Are you a Korean?"

류현진과 친해서 그러는지 일본인이나 지나인이냐는 물음이 아니었다.

"Yes! I'm a Korean."

LA 다저스의 포수 엘리스는 자신의 추측이 맞았다는 것이 기분 좋은지 흰 이를 드러내며 웃는다. 그리곤 말을 이었다. 물론 영어이다.

"반갑다! 코리안. 조금 전에 던진 공, 아주 인상적이었어."

"그랬어? 고맙군."

"우리 팀의 뚱땡이 류도 그만한 공은 못 던질 거라는 데 100달러 걸지. 그치?"

"하하! 그건 과찬이야!"

"그나저나 네 직업은 뭐야? 혹시 프로야구 선수야?"

말을 하며 현수의 상체와 하체를 유심히 살핀다.

운동선수라 그런지 현수의 근육이 밀도가 매우 높다는 것을 한눈에 알아보는 듯하다.

"아니. 난 평범한 직장인이야. 건설회사에 다니지."

"와우! 정말? 그런데 어떻게 그런 공을 던져?"

엘리스는 깜짝 놀라는 표정을 짓는다. 조금 전의 공은 일개 회사원이 던질 수 있는 것이 아니기 때문이다.

현수의 손을 떠난 공이 거의 빨랫줄처럼 일직선을 그리며 100m나 날아왔으니 당연한 말이다.

이 정도면 좌우측 외야 끝에서 홈플레이트까지 직선으로 공을 던질 수 있음을 의미한다.

펜스 바로 앞 외야 플라이 때에도 3루에 있던 상대팀 선수가 홈을 파고들다간 보살[9]당한다는 의미이다.

"응, 회사원 맞아. 야구선수는 아니고."

"저기 미안한데… 나를 상대로 한번 제대로 된 투구를 해보지 않겠어?"

"제대로 된 투구?"

"그래. 내가 포수인 건 알지?"

"알기는 하는데 내가 왜 그래야 하지?"

현수가 슬쩍 귀찮다는 표정을 지었지만 엘리스는 그런 건 신경 안 쓴다는 듯 흰 이를 드러내며 웃는다.

"그냥. 이렇게 만난 것도 인연인데 그냥 한번 해보면 안 될

---

9) 보살(補殺, Assist) : 공격 측 플레이어를 아웃시킬 수 있도록 동료 야수를 도와주는 플레이의 기록상 용어.

까? 나 이래 봬도 메이저리그 포수라고. 비록 부상자 명단에
올라 있기는 하지만."

"알아. 니가 잘나가는 포수인 거."

"그래? 그럼 한번 던져봐. 던져서 손해 볼 건 없잖아. 안 그
래, 친구?"

엘리스의 표정을 보니 순순히 물러날 것 같지 않다. 하여
현수는 고개를 끄덕였다.

"뭐, 그러지."

현수가 자리에서 일어나자 기다렸다는 듯 공을 건넨다. 그
리곤 성큼성큼 걸어 공 던지기 좋은 곳으로 향한다.

자리 잡고 쭈그려 앉는데 눈대중으로 살펴보니 18.5m 정
도 된다. 딱 투수와 포수 사이의 거리이다. 역시 프로답다.

"일단 몇 개 던져봐."

"OK."

현수는 야구를 배운 적이 없다. 그렇기에 어설픈 투구 폼으
로 공을 던진다.

휘이익—! 퍼억—!

"좋은데? 조금 더 세게 가능하지?"

"……!"

엘리스가 던져준 공을 받은 현수는 대답 대신 방금 전보다
조금 더 세게 던졌다.

휘익—! 퍼억!

"좋아, 좋아! 이보다 더 세게 던질 수 있지?"

현수는 고개를 끄덕이곤 조금 더 세게 던졌다.

방금 전보다 더 빠른 공이다. 그렇게 여섯 번을 던지니 제법 조준이 된다. 스트라이크 존을 찾은 것이다.

"아주 세게는 안 될까?"

"그러지."

현수는 마음먹고 공을 던졌다. 온 힘을 다 기울이면 안 되기에 적당히 힘을 빼야 한다는 것을 잊은 건 아니다.

쉐엑—! 퍼어억—!

"크으윽!"

엘리스가 신음을 토한다. 포탄같이 묵직한 공이 미트 속을 파고든 때문이다.

"하나 더! 가능하지?"

"근데 어디 아파? 왜 인상을 써?"

"아프긴! 괜찮아! 좋았어! 마지막으로 한 번 더!"

말을 마친 엘리스는 곁에 있던 가방에서 뭔가를 꺼내 미트 속에 끼우고는 포수 마스크를 쓴다. 타자도 없는데 웬 마스크인가 싶지만 내색하지 않고 와인드업을 했다.

여전히 어설픈 투구 동작이다.

쉐에에엑—! 퍼어어억—!

"크으으으윽!"

엘리스는 메이저리그에서 강속구를 수없이 받아왔다.

따라서 웬만해선 끄덕도 안 한다. 그럼에도 손에서 느껴지는 통증 때문에 이맛살을 찌푸린다.

"아차!"

현수는 또 한 번 실수를 깨달았다. 공 던지는 게 즐거워 저도 모르게 점점 더 세게 던진 것이다.

"괜찮아?"

"으으! 손이 너무 얼얼해. 이봐, 자네 이름이 뭐지?"

"나? 나는 김현수라고 해."

"현수 킴? 너 어디서 근무해?"

"아까 말했잖아. 한국에 있는 건설회사. 천지건설이지."

"그래? 알았어. 이봐, 친구! 자네 공, 정말 묵직해. 메이저리그에 올 일 있으면 내게 연락해. 이건 내 명함이야."

엘리스가 건네는 명함을 받았지만 현수는 명함을 줄 수 없어야 한다. 지갑은 호텔에 있고 현금만 챙겨온 때문이다. 하지만 아공간이 있지 않은가!

"잠깐만."

바지 주머니에 손을 넣어 지갑을 찾는 척하며 아공간을 열어 명함 한 장을 꺼냈다.

"만나서 반가웠어, 친구."

"메이저리그의 스타를 만나서 나도 좋았어."

"근데 너는 어디서 묵어?"

"나? 나는 저기 저 호텔."

현수가 가리킨 호텔을 바라본 엘리스는 고개를 끄덕인다. 자신이 머무는 곳과 같기 때문이다.

둘은 악수를 하고 헤어졌다. 현수는 시선을 돌려 연희를 찾았다. 여전히 조개 캐기 삼매경에 빠져 있다.

"에구, 저거 캐봐야 요리해 먹을 수도 없는데… 쩝! 괜한 생명체만 죽이는 일이잖아."

연희에게 다가가 몇 마디 하자 고개를 끄덕인다. 잡는 재미에 빠져 미처 생각지 못한 부분이기 때문이다.

캔 조개는 모두 물속에 던져 넣어주었다. 이후엔 해변에서 일광욕도 하고 수영도 하며 즐거운 시간을 보냈다.

늦은 오후, 호텔로 돌아온 일행은 단체로 마사지를 받고 레스토랑에서 식사를 즐겼다.

정말 맛있는 식사였다.

식사 후엔 각자의 방으로 흩어졌다. 원래는 나이트클럽에 가기로 했는데 도착하자마자 해변에서 보낸 시간이 너무 많아 다들 피곤에 지쳐 수면을 선택한 것이다.

나이트클럽은 내일 가도 되기 때문이다.

구본홍과 스테파니는 예외이다. 둘은 일행 몰래 호텔을 빠져나갔다. 늦은 저녁의 해변을 즐기기 위함이다.

현수는 냉장고에서 캔맥주를 꺼내 들고 모레 있을 프레젠테이션 내용을 다시 한 번 점검했다.

같은 순간, 이 호텔의 다른 객실에선 두 사내가 모니터에 시선을 주고 있다.

"와우! 이게 정말이야?"

다저스의 포수 A.J Ellis는 눈을 크게 뜨고 있다. 동료인 핸더슨이 찍은 동영상 때문이다.

핸더슨은 엘리스의 재활과 훈련을 돕기 위해 구단에서 파견한 투수로 다저스의 더블A팀 소속이다. 포수인 엘리스가 감각을 잃지 않도록 배려한 것이다.

어쨌거나 현수가 엘리스와 공을 주고받을 때 핸더슨은 둘을 찍었다. 엘리스가 해변에서 놀기만 하는 게 아니라 훈련도 하고 있음을 구단에 보여주기 위한 목적이다.

동영상엔 스피드건이 있다. 처음 던진 공은 시속 122㎞였다. 일반인치고는 상당히 빠른 속도이다.

그런데 차츰 수치가 올라간다. 2구에서 6구까지 속력은 각각 시속 126, 131, 134, 139, 140㎞였다.

현수의 표정을 보니 전력투구를 하지 않은 듯싶다.

이에 깜짝 놀란 핸더슨은 위치를 바꿨다. 가장 확실하게 속도를 측정할 수 있는 위치로 이동한 것이다. 곧이어 142와

145가 나오더니 곧바로 152㎞가 기록되었다.

이때 엘리스가 더 세게 던지라는 주문을 넣었다.

현수는 고개를 끄덕이곤 와인드업을 했다. 물론 제대로 된 투구 폼이 아닌 엉성한 모습이다.

공이 글러브 속으로 빨려드는 순간 스피드건은 시속 158㎞라는 결과를 내놓았고, 핸더슨은 외마디 비명을 터뜨렸다.

"Oh! My god! Oh!"

메이저리그에서도 보기 힘든 속도이기 때문이다. 이때 엘리스가 현수에게 소리쳤다.

"Great! Finally, one more time!"

'좋아! 마지막으로 한 번 더'라는 뜻이다.

현수는 크게 고개를 끄덕이곤 다시 손을 모았다. 그리곤 힘차게 공을 뿌렸다.

쒜에에엑—! 퍼어어억—!

"크으으으윽!"

총알처럼 날아간 공은 미트 정중앙에 틀어박힌다.

엘리스가 잔뜩 이맛살을 찌푸릴 때 핸더슨은 입을 딱 벌렸다. 스피드건엔 다음과 같은 숫자가 나와 있다.

171.3km/h!

현역 메이저리그 투수 중 최고 강속구 투수는 아롤디스 채프먼(Aroldis Chapman)이다. 쿠바 출신으로 시속 100마일짜리 공을 아무렇지도 않게 뿌려대는 것으로 유명하다.

그런 채프먼의 최고 기록이 170.6km/h이다. 물론 제대로 된 투구 폼으로 던진 공이다. 그런데 현수는 와인드업 자체가 엉성하다. 훈련 받은 선수가 아니라는 뜻이다.

그 엉성한 폼으로 세계 기록을 깨버렸다.

핸더슨은 투수이기에 이것이 무엇을 의미하는지를 명확히 알고 있다.

만일 현수가 제대로 된 코치를 받는다면 180km/h, 또는 그 이상의 공을 던질 수 있음을 의미한다.

절정의 기량을 갖춘 메이저리거라 할지라도 이 공을 칠 수 있는 타자는 장담컨대 하나도 없을 것이다.

배트를 휘두르기도 전에 미트 속으로 공이 파고들 것이기 때문이다. 투수와 포수 사이의 거리는 18.44m이다.

시속 180km라면 초속 50m라는 이야기이다.

투수의 리치와 포수의 포구 위치를 감안하면 던진 공은 0.34초 안에 미트 속을 파고든다.

타자가 이걸 어찌 구별해서 칠 수 있겠는가!

게다가 현수가 던진 공은 초속과 종속이 거의 같다. 공에 담긴 위력이 끝까지 간다는 뜻이다.

이 정도면 진정한 언터처블이다.

"해, 핸더슨, 이, 이거 스피드건이 망가진 거 아니야?"

"아니야. 다음 동영상을 보라구. 이전과 다음에 내가 던진 것들은 다 130㎞ 대잖아."

"세상에 맙소사! 일개 회사원이 어떻게……! 그래, 맞아. 그래서 그토록 손이 아팠던 거야."

아직도 손바닥이 얼얼하다는 느낌이기에 엘리스는 고개를 흔든다. 도저히 믿을 수 없기 때문이다.

"핸더슨, 이 영상, 구단으로 보냈어?"

"아직 아냐. 어떻게 해? 보내?"

"당근이지. 어쩌면 우린 다이아몬드보다 더 귀한 보석을 발견한 건지도 몰라. 참, 이 공 종류가 뭐였어? 직구지?"

"뭐야? 포수면서 자기가 뭘 받은 건지도 모르는 거야?"

"그래. 맨 마지막 건 기억이 안 나. 너무 빨랐고 손도 아파서. 너도 몰라?"

"잠깐만. 느린 영상으로 보자."

핸더슨은 동영상을 되돌려 보았지만 너무나 빨라 판독이 쉽지 않자 느린 영상으로 재생했다.

"헐! 투심(Two—seam fastball)이야."

"뭐? 투심으로 시속 171.3㎞가 나왔다고? 미친……!"

투심은 포심에 비해 비교적 낮은 속도라는 것이 정설이다.

투수의 손을 떠난 야구공은 포수의 미트까지 가는 동안 공기 저항을 받게 된다.

포심은 1회전에 공기의 벽을 네 번 깨뜨리지만 투심은 두 번만 깬다. 투심이 포심보다 공기 저항을 더 받는다는 뜻이다. 바로 이것 때문에 약간 흔들려 보이고, 스피드도 포심보다 떨어지게 되는 것이다.

따라서 현수가 포심을 던질 경우 171.3km/h보다 빨라질 확률이 매우 높다. 엉성한 폼이 그러하니 제대로 된 와인드업까지 갖추면 시속 190km짜리 공을 던질 가능성도 있다.

이게 현실이 되면 메이저리그의 어느 누구도 현수의 공에 배트를 댈 수 없다. 0.32초 만에 끝나기 때문이다.

흔히들 투수의 손을 떠난 공이 미트까지 0.4초가 걸린다고 한다. 그런데 그 시간이 20%나 줄어들면 어떻겠는가!

타자는 공이 총알보다 빠르다고 느낄 것이다.

제아무리 운동감각이 탁월하다 하더라도 스윙이 시작될 때 공은 이미 미트 속을 파고든 후이다.

눈으로 보고 구종과 구속을 판단할 시간적 여유가 없으니 감각으로 친다는 말을 하겠지만 이건 눈을 감고 휘두르는 것이나 다름없다.

만일 현수가 제대로 된 실력을 갖추고 등판한다면 일반적인 카메라가 아니라 적어도 초당 1,000frame을 찍을 수 있는 초고속 카메라가 필요할 것이다.

엘리스는 믿을 수 없는지 계속해서 동영상을 재생해 본다.

뭔가 조그마한 꼬투리라도 있으면 그걸 트집 잡고 싶은 마음이다. 그런데 영상은 너무도 정상적이다.

"세상에 맙소사! 일개 회사원이 어떻게……! 아, 명함!"

엘리스는 반바지 주머니에 구겨 넣은 현수의 명함을 얼른 끄집어낸다.

"천지건설 부사장? 헐! 뭐야? 새파란 애송이 같았는데."

엘리스가 보기에 현수는 갓 스물을 넘긴 청년이었다. 그렇기에 쉽게 접근했고, 공을 던져보라고 제안한 것이다.

엘리스는 인터넷에 접속하여 천지건설을 검색해 보았다.

CHAPTER 09
이건 추가 조건입니다

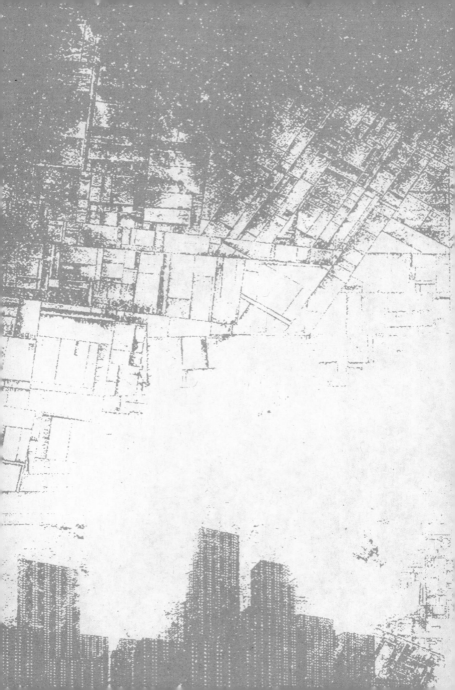

"헉! 뭐야! 천지건설이 세계 9위 건설사라고? 근데 아까 그 친구가 그런 회사의 Vice president라고?"

누군가 전 세계 건설사의 순위를 정해놓았는데 천지건설은 당당하게 세계 9위에 올라 있다.

참고로 세계 1위 건설사의 2012년도 해외 매출액은 427억 7,200만 달러이다.

세계 10위는 132억 9,160만 달러이다.

참고로 삼성엔지니어링의 2012년 해외 매출액은 86억 5,190만 달러이고, 현대건설은 78억 1,400만 달러였다.

다음은 엘리스가 보고 있는 세계 건설사 순위표 중 상위
10위까지이다.

순위	회사명	국가명
1	Grupo ACS	스페인
2	HOCHTIEF AG	독일
3	Bechtel	미국
4	VINCH, Rueil-Malmaison	프랑스
5	Fluor Corp.	미국
6	STRABAG SE	오스트리아
7	BOUYGUES	프랑스
8	Saipem	이탈리아
9	천지건설	대한민국
10	Skanska AB	스웨덴

비고란에는 각 회사에 대한 전망이 기록되어 있는데 천지
건설의 경우엔 다음과 같은 내용이 있다.

세상에 맙소사!

듣보잡이던 천지건설이었는데 지금은 성장에 성장을 거듭해
TOP 10에 올랐어.

리우데자네이루 재개발 공사를 수주할 경우 단숨에 세계 1위
로 성장할 초, 초, 초기대주!!

이 공사를 수주하면 천지건설의 주식은 블루칩을 뛰어넘은 진
정한 골든칩이라 할 수 있어.

빨리 천지건설 주식을 사라고! 완전 강추야!

칩은 원래 카지노에서 현금 대신 사용되는 것이다.

여러 종류가 있는데 그중 파란색이 가장 고가라 주식시장에서 재무 구조가 건실하고 경기 변동에 강한 대형 우량주를 지칭할 때 블루칩이란 표현을 쓴다.

그런데 건설사 순위표를 만든 사람은 골든칩이란 표현을 썼다. 칩 자체가 황금으로 만들어졌다는 의미이니 천지건설의 주식 가치를 그만큼 높게 평가한다는 뜻이다.

화들짝 놀란 엘리스는 현수의 명함을 보고는 영문명으로 구글링을 했다.

"헉! 지, 진짜?"

사진과 함께 가장 먼저 뜬 것은 현수가 세계적인 히트곡 '지현에게'와 '첫 만남'의 작곡가라는 것이다.

요즘 새롭게 뜨고 있으며 빌보드 차트 3위 곡인 윌리엄 그로모프의 'In the moonlight' 역시 김현수 작사, 작곡이다.

세 곡 모두 엘리스가 좋아하는 곡이다. 곡이 너무 좋아 지현에게와 첫 만남은 한국어로 배웠을 정도이다.

더 검색해 보니 유투브에 '신화창조' 티저영상이 올라 있다. 재생시켜 보니 카리스마 작렬이다.

동영상을 본 엘리스는 놀라움을 감추지 못했다. 그런데 더 놀라운 사진이 보인다.

블라디미르 푸틴과 메드베데프 사이에서 환히 웃으며 찍은 사진이다. 누군가의 블로그에 올라온 것인데 그 밑에는 현수에 관한 내용이 주르륵 나와 있다.

이실리프 그룹의 회장이며 러시아와 몽골, 그리고 콩고민주공화국에서 초대형 자치령을 조차 받았음이 나와 있다.

각각 대한민국보다 큰 땅이라는 것이 인상적이다.

다음은 러시아에서 수교국 전체에 현수를 국제협력담당 특임대사로 임명했다는 기사도 올라와 있다.

그 아래엔 이실리프 뱅크에 관한 이야기가 기록되어 있다.

자본금 100%를 현수가 충당했다는데 그 금액을 보고 놀라지 않을 수 없다.

"세, 세상에……!"

엘리스가 깜짝 놀라 이것저것을 읽어보고 있는데 핸더슨이 말을 건다.

"이봐, 이 영상, 그냥 구단으로 보내?"

"뭐? 아, 아냐. 보내지 마."

"으잉? 왜? 조금 전엔 당근이라며. 이 정도면 보내야지. 구단에서 아주 좋아할 텐데, 왜?"

핸더슨이 고개를 갸웃거리자 엘리스가 손짓으로 부른다. 와서 모니터를 보라는 뜻이다.

"뭐야? 뭐, 대단한 뉴스라도 떴어?"

"잔말 말고 이거나 봐."

모니터를 바라본 핸더슨은 눈을 비비더니 다시 살펴본다.

"……!"

"우와! 보통 거물이 아니었군. 그런데 레드마피아 총보스의 후계자일지도 모른다는 이거 사실일까?"

진정 놀랍다는 표정이다.

레드마피아의 총보스라 함은 어마어마한 부자임과 동시에 무려 50만 명에 이르는 조직원에게 명령을 내릴 수 있는 위치이기 때문이다.

"그거야 알 수 없지. 아무튼 그 영상 보내지 마."

"왜?"

"속만 쓰릴 테니까. 축구의 신이라 불리는데도 축구 안 하는 거 보면 몰라? 호날두나 메시보다도 높은 연봉을 받을 수 있는데도 안 한다잖아."

엘리스는 메이저리거이지만 호날두와 메시가 어떤 존재인지 알고 있다. 세계적인 스타이니 모르면 이상한 일이다.

A.J 엘리스의 올해 연봉은 355만 달러이다. 한화로 약 42억 6,000만 원이다.

레알 마드리드 소속 크리스티아누 호날두의 연봉은 한화로 약 260억 원이고, FC 바로셀로나 소속 리오넬 메시는 280억 원 정도 받는다.

메시나 호날두는 세월이 흐름에 따라 기량이 저하되거나 은퇴를 하여야 한다.

맨체스터 유나이티드의 전설 라이언 긱스는 1973년생이다. 2014년에 은퇴하니 41세까지 선수로 뛴 것이다.

호날두는 85년생, 메시는 87년생이다. 부상 없이 긱스와 같은 나이에 은퇴한다면 앞으로 12년과 14년 남았을 뿐이다.

그런데 현수는 연봉이 300억 원이며, 70세까지 정년이 보장되어 있다. 앞으로 40년쯤 남았다.

세계 최고의 축구스타보다도 훨씬 더 괜찮다.

핸더슨은 현수에 관해 포스팅[10]해 놓은 블로그들을 집중해서 읽어보곤 고개를 끄덕인다.

"하긴 연봉 300억 원이면 나 같아도 야구 안 한다."

메이저리그 연봉 킹은 LA 다저스의 투수 '잭 그레인키'이다. 연봉 2,600만 달러이니 한 해에 312억 원을 번다.

2위는 필라델피아 필리스의 투수 '클리프 리'로 2,500만 달러를 받는다. 한화로 약 300억 원이다.

따라서 현수가 천지건설에서 받는 급여는 메이저리그 전체 2위에 해당하는 금액이다.

여기에 천지기획으로부터 받는 급여가 따로 있다. 이것 둘

---

10) 포스팅(Posting) : 누리집이나 블로그 등에 어떤 기사나 사진, 영상 등을 번호, 혹은 이름을 붙여 게시하는 행위.

을 합치면 단숨에 잭 그레인키를 압도한다.

뿐만이 아니다. 30개에 가까운 계열사로부터 얻는 수익을 더하면 잭 그레인키가 받는 연봉은 껌값이 되어버린다.

하긴 얼마 전에 이실리프 트레이딩의 자본금을 증자했다.

그 금액은 1,384억 3,200만 달러인데 잭 그레인키가 현재의 연봉을 5,324년 동안 받아야 할 금액이다.

금리가 떨어질 대로 떨어진 상황이지만 연 2%짜리 정기예금에 예치할 경우 1년에 27억 6,864만 달러가 이자로 붙는다. 한화로 약 3조 3,200억 원이다.

연봉 312억 원은 이 금액의 1%에도 미치지 못한다.

어쨌거나 엘리스나 핸더슨은 이런 사실까지는 모르지만 현수가 야구를 하지 않을 것이란 짐작은 할 수 있다.

경기를 하기 위해 이곳저곳으로 이동하는 게 얼마나 지겨운지 해본 사람만 알기 때문이다.

"헐! 이 친구, 8,000만 달러짜리 초음속 자가용 제트기도 가지고 있대."

핸더슨은 학꽁치처럼 앞부분이 뾰족한 제트기의 모습을 보고 있다.

"뭐?"

핸더슨의 말에 엘리스가 얼른 화면을 바라본다.

잘빠진 Aerion사의 Supersonic Business Jet기의 사진이 보

인다. 잠시 눈빛을 빛내던 엘리스가 입맛을 다신다.

"우린 언제 저런 걸 가져볼까?"

"꿈 깨! 저걸 갖는 것도 어렵지만 유지하려면 얼마나 돈이 많이 들겠어?"

"하긴……. 아무튼 동영상은 구단으로 보내지 마. 알아봐야 시끄럽기만 하고 성과는 없을 테니까."

"알았어. 자네 말이 맞아."

말을 마친 핸더슨은 노트북을 집어 든다.

메일로 보내려고 만반의 준비를 했는데 캔슬시키기 위함이다. 그런데 잘못 잡아 노트북이 떨어지려 한다.

"으앗! 안 돼! 헉!"

"왜?"

"실수로 엔터키를 건드렸나 봐."

"끄응! 조용히 지내긴 틀렸군."

엘리스는 고개를 젓는다. 동영상을 본 구단의 스카우트 손길이 우르르 몰려올 것이 뻔한 때문이다.

시속 170㎞가 넘는 투심을 뿌리는 투수가 있다면 매 경기마다 승수를 쌓을 수 있다.

명실상부한 'Untouchable'이 될 것이기 때문이다.

다소 어렵기는 하겠지만 구석구석 찔러 넣는 컨트롤까지 잡히면 27K를 기록하는 퍼펙트게임도 상당할 것이다.

공을 81개만 던지고 경기를 끝낼 수 있음을 의미한다.

그 결과는 메이저리그의 모든 기록을 갈아치우는 것이다.

당연히 '트로피 헌터(Trophy Hunter)'라는 칭호를 얻는 존재가 된다. 혹은 축구에 이어 'God of Baseball', 또는 'God of Pitcher'라 불릴 수도 있을 것이다.

사이영상 수상은 당연한 일이고, 데뷔 원년에 신인상과 골든 글러브, 그리고 MVP까지 석권할 것이다.

선발로 출전한 모든 경기를 승리로 이끌고, 9이닝 동안 27명의 타자를 전부 삼진으로 잡는다.

선발 완투, 완봉, 노히트 노런, 퍼펙트게임의 연속이다.

정규시즌에서 팀의 에이스가 뛸 수 있는 경기는 35회 정도 된다. 포스트시즌까지 합치면 더 늘어날 것이다.

현수는 이 모든 경기에서 승리를 챙길 수 있다.

그런데 현수는 남다른 체력을 가지고 있다. 소드 마스터만 되어도 초인인데 그랜드 마스터이니 어떻겠는가!

거의 슈퍼맨급 체력을 보유하고 있다고 보면 된다.

게다가 원기 회복에 즉효가 있는 바디 리프레쉬 마법과 모든 것을 원상태로 되돌리는 리커버리 마법도 있다.

극심한 피로나 햄스트링과 인대에 문제가 발생되어도 수술 없이 단번에 멀쩡해지니 매 경기 출전도 가능하다.

하지만 남들 보는 눈이 있으니 모든 경기에 출전할 수는 없다. 그래도 40~50경기 정도는 출전할 수 있을 것이다.

매 경기당 던지는 공의 수가 불과 81개뿐이기 때문이다.

방어율은 당연히 0.00이다. 이런데 어찌 상을 주지 않을 수 있겠는가! 없는 상도 만들어서 줘야 할 판이다.

사이영상은 사라지고 현수상이라는 것이 만들어질지도 모른다. 시즌 내내 전 경기를 승리로 이끈 투수는 하나도 없기 때문이다.

참고로 메이저리그에서 30승 이상을 기록한 마지막 투수는 대니 맥클레인이다. 1968년에 31승 6패를 했다.

현수는 이 기록을 단번에 깰 수 있다.

아울러 전 경기 승리투수는 지구 역사상 단 한 명도 없었다. 현수가 야구를 한다면 전무후무한 투수가 되는 것이다.

현수가 출전하면 불펜과 마무리 투수가 대기할 필요가 없다. 야수들은 수비가 휴식을 취하는 시간이 된다.

그라운드에 앉아 있거나 누워 있어도 된다.

그렇다면 현수가 없는 경기에 전력을 쏟아부을 수 있다. 이것은 팀이 월드시리즈에 진출함을 의미한다.

게다가 현수는 그랜드 마스터이다. 동체시력이 범인의 수준을 완전히 뛰어넘은 상태이다.

타격에서도 대단한 활약을 기대할 수 있다는 것이다.

지명타자 제도가 없는 내셔널리그에 속한다면 모든 타석

에서 홈런을 기록할 것이다.

워낙 강력한 힘과 시력을 가졌기에 고의 사구로 거르려 해도 쫓아가서 때리면 된다. 제대로 된 스탠스[11]가 갖춰지지 않아도 이런 결과가 빚어진다.

이를 피하기 위한 폭투 역시 마찬가지이다. 땅바닥에 맞고 튀어 오르는 것을 후려갈겨도 장외홈런이 된다.

타율 10할, 100% 홈런 타자는 존재한 적이 없다.

이 정도면 '메이저리그의 전제군주[Absolute Monarch of The Major Leagues]'라는 별칭도 기대된다.

타자와 투수들의 왕으로서 군림할 것이기 때문이다.

이런 사실을 짐작한다면 구단의 고민은 클 것이다.

메이저리그 최고 연봉인 잭 그레인키보다도 월등한 기량이니 얼마를 써야 할지 감이 안 잡힐 것이기 때문이다.

전승 투수에 10할 홈런 타자, 그리고 현수가 천지건설 등에서 받는 연봉을 감안하면 10년 장기계약에 연봉 3억 달러 정도는 제시해야 겨우 관심을 보일 것이다.

한화로 약 3,600억 원이다.

동영상을 제대로 보았다면 보나마나 프런트까지 따라올 것이다. 엘리스와 핸더슨은 현수가 어디에 있는지 찾아주어야 하니 편안히 지내는 것은 이제 끝이다.

---

11) 스탠스(Stance) : 골프 · 야구에서 공을 칠 때 두 발의 위치나 벌린 폭. 또는 권투 선수가 상대와 대적할 때 벌리는 다리의 폭.

"그러고 보니 영광이었네."

엘리스는 세계 최고의 구속을 가진 야구공을 받아본 포수가 되었음을 자각하고 고개를 끄덕인다.

"어쩐지 손이 되게 아팠어."

"이 친구랑 같이 경기하면 신 나겠다."

"신 나? 이기기야 하겠지. 그런데 포수는? 한 경기가 끝나기도 전에 손바닥이 너덜너덜해지는데?"

"……!"

시속 160㎞짜리 공도 받고 나면 얼얼하다. 그런데 제대로 와인드업해서 던진 180㎞/h짜리 투심은 어떻겠는가!

비율로만 따지면 12.5% 속도가 빨라진 것이다.

그런데 운동에너지의 공식은 $E_k = \frac{1}{2}mv^2$이다.

이 공식에 속력을 넣고 계산해 보면 운동에너지는 26.5%가 증가된다.

시속 160㎞짜리도 손바닥이 얼얼했는데 그것의 4분의 1 이상이 늘어난 에너지를 가진 공이 미트 속을 파고든다.

생각만 해도 아찔하다. 모르긴 몰라도 매 이닝마다 포수를 바꿔야 하는 상황이 벌어질 수도 있다.

상대 팀 타자들도 아찔하겠지만 팀 동료인 포수들은 현수가 등판하는 경기를 기피하려는 움직임을 보일 것이다.

시속 190~200㎞짜리 포심은 아예 상상하기도 싫다.

만일 제구가 안 되어 블로킹을 해야 하는 상황이면 햄머로 강타당하는 느낌을 받을 것이기 때문이다.

엘리스와 핸더슨이 고개를 절레절레 흔들 때 LA 다저스 구단 사무실에선 난리가 벌어지고 있다. 메일을 확인한 직원이 옆 사람들을 불러 모은 결과이다.

일과를 마치고 사랑하는 아내 로리와 함께 식사를 하던 돈 매팅리(Don Mattingly) 감독은 투수코치 릭 허니컷(Rick Honeycutt)으로부터 전화를 받았다.

"감독님, 지금 즉시 구단 사무실로 와주셔야겠습니다."

"왜요? 지금은 내 개인 시간입니다."

참고로 매팅리는 1961년생이고, 허니컷은 1954년생이다.

"그래도 오셔야 합니다. 꼭 오셔야 합니다."

웬만해선 이런 말을 할 사람이 아니라는 것을 알기에 매팅리 감독은 내키지 않는 대꾸를 해야 했다.

"끄응! 알았습니다. 금방 가죠."

전화를 끊은 매팅리는 로리에게 시선을 준다. 2010년에 재혼한 아내이다. 현재 임신 중이다.

"로리, 구단에 무슨 문제가 생겼나 봐. 가봐야 하는데 자기 혼자 집에 갈 수 있겠어?"

"그럼요. 택시나 잡아줘요, 돈!"

"알았어. 미안해. 모처럼의 외식인데."

"아니에요. 구단 일이 먼저지요. 가보세요."

아내를 집에 보낸 돈 매팅리 감독은 곧장 구단 사무실로 향했다. 대체 무슨 일로 자신을 호출했는지 몰라도 아내와의 즐거운 시간을 방해받아 살짝 불쾌한 상태이다.

하지만 이런 기분은 구단 사무실에 당도함과 동시에 사라진다. 사람들이 우르르 몰려서 뭔가를 보고 있는데 그게 뭔가 싶은 호기심이 돈은 때문이다.

"아! 어서 오게."

돈 매팅리 감독과 시선이 마주치자 네드 콜레티(Ned Colletti) 단장이 손짓하며 부른다.

"단장님! 연락받고 오는 건데 대체 무슨 일입니까?"

"저걸 보면 아네."

단장의 손짓에 따라 시선을 돌려보니 현수의 투구 모습이 보인다. 마침 마지막 공을 던지는 모습이다.

매팅리 감독은 엉성한 투구 폼을 보고 대체 왜들 호들갑인가 하는 표정이다. 하지만 이내 눈을 크게 뜬다.

스피드건에 찍힌 171.3km/h라는 숫자 때문이다.

"헉! 세, 세상에……!"

수많은 유망주를 보아왔지만 이런 숫자를 결과로 보여주는 투수는 본 적이 없다.

"스피드건이 고장 난 겁니까?"

"아니. 핸더슨이 던진 걸 보니 그건 아닌 듯싶네. 마지막 공은 투심이라는군. 자네 의견은?"

"투심이요? 으으! 그럼 당연히 잡아야죠. 가만, 핸더슨이 보낸 거라면 설마 브라질에 있는 겁니까?"

"그래. 그래서 전용기를 띄우려 하네."

단장이 직접 갈 모양이다. 감독은 살짝 고개를 숙인다.

"잘 부탁드립니다."

시즌 중이라 동행할 수 없기 때문이다.

그리고 현수를 잡아오기만 하면 월드시리즈로 가는 티켓을 거머쥐는 것이나 다름없기에 보여준 행동이다.

엘리스의 예감대로 조용히 지나가긴 틀린 모양이다.

같은 시각, 현수는 연희와 더불어 행복한 시간을 보내고 있다. 벌써 두 차례나 폭풍이 불었지만 아직 끝나지 않았음을 알기에 연희는 열락에 겨운 표정으로 누워 있다.

오늘은 잠자기 틀린 것 같다. 새벽이 되면 손가락 하나 까딱할 기운조차 없이 늘어지게 될 것이다.

혼자서 현수를 감당할 때마다 느끼지만 마치 철인을 상대하는 것 같다. 지치지도 않는다.

그런 현수를 지현이나 이리냐 없이 혼자서 감당해야 하는데 체력이 따라주질 않는다.

물론 바디 리프레쉬 마법 한 방이면 금방 기력을 되찾기는 하지만 그러면 나른한 피곤함을 만끽할 수 없다.

그래도 좋다. 둘은 밤이 새는지도 모르도록 정열을 불태웠다. 하지만 연희가 내는 소리는 밖으로 새어 나가지 않는다.

객실에 사일런트 마법을 걸어놓은 때문이다.

*   *   *

"이상으로 저희 천지건설이 준비한 리우데자네이루 재개발 공사에 관한 프레젠테이션을 마치겠습니다. 지금껏 경청해 주셔서 감사합니다."

현수가 정중히 허리를 숙이자 리우데자네이루 재개발 사업의 총책임자인 세르지우 카브랄(Sergio Cabral) 리우데자네이루 주지사가 고개를 끄덕인다.

그의 곁에는 실무 책임자인 에두아르도 파에스(Eduardo Paes) 리우데자네이루 시장과 주(州) 정부 건설부 국장 등이 배석해 있다.

에두아드로 파에스는 시장 취임 직후, 도시 내에 열린 공간이 있어야 함을 역설했다. 그리고 그 공간을 모든 시민이 이용하길 바란다고 천명했다.

그는 이 공간의 지하에 간선급행버스 체계를 갖추길 희망

했다. 일종의 버스전용차선이다. 이렇게 함으로써 교통체증을 줄이고 대량 수송 네트워크를 가질 수 있게 된다.

건설비용은 지하철의 10%밖에 되지 않는다. 이럴 경우 현행 대중교통 이용률은 18%에서 63%로 상승 가능하다.

시장은 더 높은 수준의 공공 서비스를 구상했다.

보다 나은 시설을 갖추고 더 친절한 서비스를 제공하는 학교와 보건소 등을 계획하고 있다.

그리고 열대우로 인한 산사태와 홍수에 대한 대비를 주장했다. 산비탈의 빈민촌을 정비하여야 가능한 일이다.

그런데 방금 전 현수의 프레젠테이션이 이러했다.

도시 중앙에 왕복 30차선 정도 되는 메인 스트리트를 건설하고, 좌우로 사통팔달의 20차선 정도 되는 서브 스트리트를 주장했다. 탁 트인 도시 경관을 제공하게 될 것이다.

모든 도로는 막힘이 없다. 다시 말해 막다른 골목 없이 격자형 도로가 재개발 지역 전체에 깔리는 것이다.

메인과 서브 스트리트의 지하엔 도로가 개설된다.

차량 매연은 환풍기로 뽑아 올리고 사방에서 신선한 공기를 불어넣으니 공기오염은 걱정하지 않아도 된다.

이 도로의 아래엔 열대우를 받아 모으는 수로가 건설된다.

아울러 전력, 상하수도, 통신망 등을 위한 공동구도 갖춰진다. 도로에서 전봇대가 사라지는 것이다.

지어지는 아파트는 고층화하여 인구는 수용하면서 넓은 토지를 남긴다.

이것을 이용하여 공원, 산책로, 공공시설을 짓는다.

외곽엔 각종 스포츠 시설과 연희가 제안한 놀이공원을 지을 예정이다.

재개발 실무 책임자인 시장의 입맛에 딱 맞는 프레젠테이션을 한 것이다. 그래서 그런지 상당히 호의 섞인 눈빛으로 바라본다.

다른 나라들의 프레젠테이션을 들어보았지만 천지건설보다 공기가 짧은 회사는 없었다. 완성된 도면은 아니지만 고층 아파트와 빌라 등의 다양한 디자인도 마음에 들었다.

한지를 이용한 창호를 설치하여 습기를 제어한다는 말에 눈이 번쩍 뜨인다. 리우는 습도가 높기 때문이다.

현수의 설명에 의하면 한지는 자연 조명 효과와 커튼 역할, 그리고 자연 환기와 습도 조절 기능을 가진다.

쾌적한 삶을 보장해 주는 것을 의미한다.

현수는 웃음 띤 얼굴로 주지사와 시장 등을 바라본다.

"오랜 시간 내주신 것에 대한 감사의 뜻으로 리셉션을 준비했습니다. 자리를 옮겨주시겠습니까?"

"그럽시다."

자리를 옮기니 잘 차려진 뷔페가 준비되어 있다. 호텔 조리 사들의 솜씨로 만든 것이라 맛이 좋았다.

현수도 다른 사람들처럼 접시를 들고 음식을 덜어 주지사와 시장이 앉은 테이블로 향했다.

"여기 앉아도 되지요?"

"그럼요. 물론입니다."

시장이 환히 웃으며 앉으라는 손짓을 한다. 자리에 앉은 현수는 주지사에게 시선을 주었다.

"저희 회사 프레젠테이션은 마음에 드셨습니까?"

"아, 그럼요. 인상적이었습니다."

"시장님께서도 그러셨나요?"

"네, 저도 잘 듣고 보았습니다. 특히 공기가 짧은 것이 마음에 들더군요. 그런데 정말 가능한 겁니까?"

"물론입니다. 한국은 수도권에 인구가 과밀해 있습니다. 하여 주변에 신도시 건설을 지속적으로 하고 있습니다. 그래서 이 방면엔 경험이 많지요."

현수는 일산, 분당, 동탄, 김포 등을 떠올렸다.

"그렇군요."

시장이 고개를 끄덕인다. 그렇지 않아도 한국에 대한 자료가 있어 읽어본 바 있기 때문이다.

"어찌 되었든 잘 들었습니다. 수고가 많았네요."

"검토 잘 부탁드립니다."

매혹 마법을 걸면 공사를 수주하게 될 것이다. 하지만 그러지 않기로 했다. 왠지 반칙하는 기분이 든 때문이다.

"그나저나 월드컵 준비는 다 되었지요?"

"그럼요. 거의 다 되었으니 차질은 없을 겁니다."

"브라질이 우승하겠지요?"

"…그러길 바라지요. 그런데……."

시장은 혹시 잘못 건드리나 싶은 표정으로 말을 잇는다.

"혹시 김 부사장님도 이번 월드컵에 출전합니까?"

현수의 동영상은 이곳 브라질에도 번져 있다. 그래서 이곳에서도 축구의 신이라는 닉네임으로 불린다.

브라질의 수많은 스타 선수보다도 월등한 기량을 갖췄다는 걸 인정한 것이다.

브라질 국민들은 자국에서 개최되는 월드컵 경기에서 우승할 것이라 생각하고 있다.

네이마르, 헐크, 티아고 실바, 다니엘 알베스, 하미레스, 오스카, 루카스, 다비드 루이스 등이 포진되어 있으니 이런 생각을 가질 만하다.

그런데 조별 예선에서 한국과 브라질이 각각 1위로 통과하고, 이후의 경기에서 두 나라 모두 승리한다면 두 팀은 결승전에서 맞붙게 된다.

네이마르 등의 경기력이 좋기는 하지만 축구의 신 김현수만은 못하다는 것이 정설이다.

 인터넷엔 누군가 현수의 경기를 세밀히 분석해 놓은 결과가 있다.

 점수로 매겨놓았는데 현수를 100으로 보았을 때 메시, 호날두, 네이마르 등은 70~80점대에 속해 있다.

 킥의 정교함, 패스의 정확성, 드리블 속도, 킥의 위력, 볼점유 능력 등 모든 항목이 그러하다.

 이것에 대한 댓글들을 읽어보면 거의 대부분이 결과에 승복한다. 혹자는 70~80이 아니라 60~70 정도가 맞는다는 의견을 내놓기도 했다.

 이것에 대해서도 찬성 의견이 많다. 누구나 현존 최고의 축구선수가 현수라는 걸 인정하는 것이다.

 따라서 결승전에서 한국을 만날 경우 브라질의 우승 전망은 매우 어둡다. 냉정하기로 이름난 도박사들의 예상은 브라질이 5 : 2로 패할 것이라고 한다.

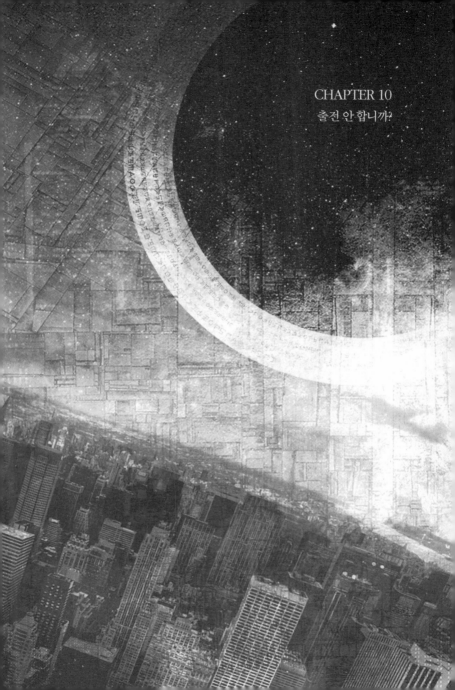

CHAPTER 10
출전 안 합니까?

현수는 아니라는 대답을 기다리는 주지사와 시장을 바라
보곤 싱긋 미소 지었다.

"아까 프레젠테이션을 하면서 하나 빼먹은 게 있는데 지금
말씀드려도 될까요?"

"천지건설의 공식적인 제안입니까?"

"아뇨. 이건 제 개인적인 제안입니다."

"흐음! 그래요? 그럼 들어나 봅시다."

주지사가 고개를 끄덕이자 시장은 들고 있던 포크를 내려
놓았다. 어떤 제안인지는 모르지만 메모해 두려는 것이다.

"이번 재개발 공사가 우리 천지건설로 정해지면 저는 월드
컵 출전에서 빠지겠습니다."

"…저, 정말입니까?"

둘 다 반색하는 표정이 역력하다.

"네, 브라질에서 개최하는 대회이니 개최국인 브라질이 우
승해야 하지 않겠습니까? 저는 잘 차려놓은 잔칫상을 뒤엎고
싶은 마음은 없습니다."

"하하! 하하하!"

주지사가 웃음을 터뜨리자 모두의 시선이 쏠린다. 시장은
자리에서 일어선 후 포크로 컵을 두 번 두드린다.

챙, 챙―!

시선이 집중되자 시장은 환히 웃는다.

"주지사님과 나는 방금 전에 김현수 부사장님으로부터 추
가 제안을 받았습니다."

모두들 그게 무엇이냐는 표정이다.

프레젠테이션이 완벽하게 진행되었기에 추가 제안이란 것
은 있을 수 없기 때문이다.

그렇기에 최 부장은 물론이고 박진영 과장, 구본홍 대리,
유민우 대리, 그리고 연희까지 현수를 바라본다.

무엇을 추가로 이야기했는지 궁금한 것이다.

"천지건설이 재개발 사업권을 따낼 경우 김 부사장님은 이

번 월드컵에 출전하지 않겠다고 하셨습니다."

"우와아아!"

브라질 사람들의 환호성이 터져 나온다.

손님들의 시중을 들어주기 위해 나와 있던 웨이터들까지
소리를 지르며 환호한다.

축구의 신이 이번 월드컵에 나올 경우 브라질이 우승 후보
국 명단에서 빠진다는 것을 알기 때문이다.

"시장님, 그냥 천지건설로 결정하죠. 그럼 우리가 우승입
니다. 안 그래요, 여러분?"

누군가의 고함이다.

"맞습니다. 천지건설로 정하세요. 공기도 가장 짧고 디자
인도 좋았잖습니까? 공사비도 저렴할 겁니다."

누군가의 입에서 기밀 사항이 터져 나온다.

재개발 사업권을 누구에게 주느냐는 약 100가지 항목에 대
해 매겨진 점수로 결정하기로 했다.

공사 기간, 공사비, 디자인, 이전 공사 수행 실적, 현지 건
설업체 하청 비율 등이 그 항목 중 일부이다.

이번 재개발 사업은 부정부패나 뇌물 등으로부터 자유롭
기 위해 약 50명으로 구성된 전문가 집단이 리우데자네이루
시청에 모여 공개적으로 처리한다.

디자인을 보는 사람도 있고, 경제적인 것을 중시하는 사람

도 있다. 도시계획 전문가도 있으며, 인프라를 집중적으로 살
피는 사람도 있다.

매번 모일 때마다 난상토론을 벌여 최종적으로 점수를 결
정하는데 모든 회의 과정을 녹화한다. 나중에라도 불거질 수
있는 문제점을 미연에 차단하기 위함이다.

천지건설의 제안은 오늘 밤 점수화될 예정이다. 하여 오늘
의 프레젠테이션은 녹화된 상태이다.

이 자리에 있는 사람들은 다른 나라 건설사들의 제안을 모
두 들은 바 있다. 그렇기에 그들이 제시한 것보다 천지건설
쪽이 공기가 짧고 공사비 또한 적다는 걸 알고 있다.

"주지사님, 시장님, 얼른 천지건설로 결정하세요. 이번 월
드컵에서 우리가 우승해야 하잖아요."

"맞습니다. 맞아요. 그냥 천지건설로 해요."

사람들이 너도나도 소리치자 밖에 있던 경비들이 문을 열
고 들어선다. 갑자기 시끄러워지자 무슨 사달이라도 벌어졌
나 싶은 모양이다.

"무, 무슨 일입니까?"

혹시라도 난동을 부리는 사람이 있으면 즉시 제압해야 하
기에 사방을 두리번거리며 묻는다.

"천지건설이 재개발 공사를 수주하면 축구의 신이 월드컵
출전을 안 할 수도 있대요."

"네? 정말요? 그럼 우리가 우승이잖아요!"

"맞아요! 그래서 다들 저렇게 소리를 지르는 겁니다!"

"아, 그렇군요. 알겠습니다."

말을 마친 경비는 밖으로 나간다. 잠시 후, 리셉션장 바깥에서도 환호가 울려 퍼지기 시작한다.

한국의 김현수가 이번 월드컵에 참가하지 않으면 네이마르 등으로 포진된 브라질 대표팀이 우승할 것이라 생각하기 때문이다.

자국에서 치르는 월드컵이고, 브라질은 자타가 인정하는 우승 후보국이다. 여기에 열렬하다 못해 뜨겁기까지 할 응원까지 가해지면 우승할 확률이 높다.

환호는 호텔을 중심으로 조금씩 멀리 번져갔다.

그리고 누군가의 SNS로 시작한 소문은 금방 리우데자네이루 바깥까지 전해졌다.

부우우웅! 부우우우웅—!

간신히 진정하고 자리에 앉은 주지사는 진동하는 전화를 보았다. 액정에 찍힌 것은 브라질의 대통령 지우마 호세프 (Dilma Rousseff)의 이름이다.

아무리 바빠도 꼭 받아야 할 전화이다.

주지사는 여전히 떠들고 있는 주변 사람들에게 잠시 진정하라는 손짓을 하며 전화기를 보여주었다.

대통령으로부터 전화가 걸려왔음을 알게 된 사람들은 즉시 입을 다문다. 주변이 조용해지자 주지사는 전화기를 귀에 가져다 대었다.

"주지사님, 대통령입니다."

"네, 대통령님! 말씀하십시오."

"주지사님, 방금 전 놀라운 소문을 들었는데 사실인지 확인하고 싶군요."

"소문이요?"

대체 무슨 소문인가 싶어 눈썹을 찌푸린다.

"네, 축구의 신이 이번 월드컵에 참가하지 않을 수도 있다 들었습니다. 사실입니까?"

"네에? 그, 그걸 어떻게……?"

천지건설에 공사를 주면 출전하지 않겠다는 말을 들은 지 불과 5분 정도 지났다.

그런데 900㎞나 떨어져 있는 수도 브라질리아에 있는 대통령으로부터 전화가 왔으니 놀라지 않으면 이상하다.

'발 없는 말이 천 리를 간다'는 옛 속담은 이제 바뀌어야 한다. '소문 번지는 속도는 광속이다' 정도가 어울릴 것이다.

"방금 소문을 들었습니다. 천지건설이 재개발 공사를 수주하면 참가하지 않는다는 게 사실인가요?"

"네, 방금 전에 그런 제안을 받았습니다."

주지사가 고개를 끄덕이자 대통령의 말이 이어진다.

"천지건설의 제안이 다른 회사들보다 월등하게 높은 가격을 불렀거나 공사 기간이 긴가요?"

"그건 아닙니다. 공사 기간도 짧고 공사비도 적습니다. 공사비도 자원으로 받아가겠다고 합니다."

"오! 그래요? 그럼 그쪽으로 결정하는 걸로 신중히 검토해 보세요. 국민들이 이번 월드컵을 얼마나 기대하고 있는지 아시죠?"

"물론입니다. 잘 알고 있습니다."

"언론도 편들어줄 겁니다."

언론인 역시 브라질 국민이니 리우 주정부가 천지건설의 손을 들어줘도 까지 않을 것이라는 의미이다.

"네, 잘 알겠습니다. 신중히 검토하고 발표 전에 결과를 말씀드리겠습니다."

"고맙군요. 가까운 시일 내에 한번 뵙기를 바랍니다."

브라질이 월드컵에서 우승하면 대통령의 지지율은 대폭 상승할 것이다. 대통령은 잘 차려진 밥상에 숟가락 하나 얹기를 바란다고 말한 것이다.

정치인으로서 어찌 이런 의미를 모르겠는가!

주지사는 기꺼이 한자리 내어주겠다고 했다.

중앙정부로부터 더 많은 지원을 받을 수 있는 길이 열렸음을 알기 때문이다.

전화를 끊은 주지사는 리셉션을 즐기기로 마음먹었다.

맞은편의 현수는 유창한 포르투갈어로 주변 사람들과 농담을 주고받는데 확실히 달라 보인다.

세계 최고의 천재, 세계 최고의 축구선수일 뿐만 아니라 세계 최고의 영업사원이기도 하다.

프레젠테이션도 마음에 들었는데 개인적인 제안은 브라질이 반응할 수밖에 없는 핫—버튼을 누른 것이다.

너무도 달콤한 결과를 기대할 수 있는 제안이기에 기꺼이 상대의 요구를 들어줄 생각이다.

물론 이 자리에서 결과를 이야기할 생각은 없다. 전문가 집단이 모여서 만든 점수표를 꺼내놓고 결정할 것이다.

프레젠테이션만으로도 천지건설은 낙점받을 수 있는 자격을 획득했다. 아마도 가장 높은 점수가 매겨질 것이다.

그런데 추가 사항이 너무나 좋으니 기분 좋은 발표를 할 수 있을 것 같다. 하여 흔쾌히 사람들과 어울려 음식을 먹고 술잔을 비웠다.

"휴우! 끝났네요. 그동안 수고 많았습니다."

넥타이를 풀어내 느슨하게 하며 현수가 한 말이다.

"무슨 말씀을… 부사장님께서 수고가 많으셨지요."

해외영업부 최 부장의 말이다.

"근데 정말 월드컵에 안 나가실 겁니까?"

박진영 과장은 국내 여론을 의식한 듯 살짝 인상을 찌푸리고 있다.

현수가 국가대표팀에 들어가기만 하면 월드컵 우승도 가능하다는 것이 지배적인 여론이다.

하여 5월 9일에 발표될 대표팀 명단에 반드시 김현수라는 이름 석 자가 있어야 한다고 목청을 돋운다.

이에 대한축구협회(KFA)에선 현수에게 연락을 취하는 중이다. 현수는 축구협회 회원이 아니다.

그렇기에 본인의 의사를 물어야 한다. 마음대로 대표팀 선수 명단에 끼워 넣을 수는 없는 것이다.

하여 다각도로 연락을 취하고 있지만 현수가 워낙 바빠 연결되지 못했다. 전화통화 역시 안 된다. 현수가 모르는 번호로 걸려온 전화는 받지 않기 때문이다.

축구협회에선 조심스러울 수밖에 없다. 이전에 기술이사 하나가 너무나 큰 실례를 범한 때문이다.

어쨌거나 연락이 닿지 않자 대표팀 선발에 응할 것인지 여부를 묻는 공문서를 이실리프 상사로 발송하였다.

이 문서는 현재 민주영이 보관하는 중이다.

지난번에 현수를 만났을 때 줘야 하는데 깜박 잊었다. 워낙 중요한 일이 많았기 때문이다.

현수는 박진영 과장의 우려 섞인 표정을 보았다.

출전하지 않겠다고 하면 국민들이 몹시 실망할 것이라는 걸 알고 있다. 그렇다고 하여 출전할 수도 없다.

프로 격투기선수가 유치원 꼬맹이들과 힘을 겨루는 것이나 진배없는 일이기 때문이다.

마음만 먹으면 골문 앞에서 드리블하여 상대방 골대 안까지 들어가는 것도 어렵지 않다. 전력을 기울이면 속도의 차이가 어마어마해서 감히 달려들 수조차 없기 때문이다.

이쪽 골대에서 저쪽 골대로 캐논슛을 갈겨도 막을 수 없을 것이다. 워낙 강력한 킥이 될 것이기 때문이다.

"현재로선 참가할 수 없습니다. 할 일이 너무 많아서요."

"그, 그렇겠죠."

회사 일만으로도 바쁜데 자치령 개발도 해야 하고 이실리프 그룹의 계열사들도 건사해야 한다.

당연히 엄청 바쁜데 한가롭게 축구나 하고 있을 수는 없다. 월드컵에 출전하면 6월 13일부터 7월 14일까지 꼼짝도 할 수 없다. 한 달 동안이나 회사 일을 할 수가 없다.

그러면 천지건설도 타격을 입는다. 하물며 이실리프 계열사들은 어떠하겠는가!

출전을 권유하는 것 자체가 조심스러워야 하지만 일반 국민들은 그런 걸 생각지 않고 오로지 월드컵 우승만 생각하기에 선수로 나서라고 난리를 치는 것이다.

"아무튼 프레젠테이션의 결과가 좋을 것 같습니다. 여러분이 애써준 덕입니다."

"아이고, 아닙니다. 부사장님께서 워낙 걸출하셔서 그런 거지요. 수고 많으셨습니다."

"그래요. 다 같이 애썼지요. 그런 의미에서 한잔 더할까요? 구 대리! 근처에 근사한 바(Bar) 알아놨어요?"

구본홍이 기다렸다는 듯 고개를 끄덕인다.

"네, 찾아놨습니다!"

구본홍은 스테파니와 함께 추억을 만들 장소를 물색한 바 있다. 그곳은 코파카바나 해변에 위치한 나이트클럽이다.

삼바의 열정을 제대로 느낄 만한 곳이라 판단했다.

"좋아요! 그럼 가볼까요? 오늘 술값은 내가 냅니다!"

"와아!"

구본홍과 유민우는 신 났다는 듯 환히 웃는다. 일행은 호텔에서 제공한 차를 타고 나이트클럽으로 향했다.

약 10분 후, 로비 앞으로 까만색 세단이 줄지어 들어온다. 이들을 맞이한 건 엘리스와 핸더슨이다.

이곳에 당도한 사람들은 LA 다저스의 단장과 프런트, 그리고 스카우트들이다.

"엘리스, 무릎은 괜찮아?"

"네, 단장님. 많이 좋아졌습니다."

"그래, 그 친구는 어디에 있지?"

오자마다 현수부터 만나고 싶음을 감추지 않는다.

"그 친구는 지금 이곳에 없습니다. 조금 전에 동료들과 함께 나이트클럽으로 갔거든요."

"동료들?"

단장은 현수가 브라질로 이민 온 동양인으로 알고 왔다. 아무런 설명도 없는 동영상만 본 때문이다.

따라서 동료라는 말에 고개를 갸웃거린다. 그런 엉성한 폼으로 야구선수 생활을 하고 있나 싶은 때문이다.

"일단 안으로 들어가시죠."

"허음, 그러세."

잠시 후, 엘리스와 핸더슨이 머무는 스위트룸으로 들어간 네드 콜레티 단장은 입을 딱 벌리고 있다.

"축구의 신이라고? 그런데 선수가 아니라 회사원?"

"네, 제가 조사를 해보니 이 친구는 자본금 100%를 출자한 거대 은행도 소유하고 있더군요."

"거대 은행?"

"네, 이실리프 뱅크인데 자본금이 어마어마합니다. 여기 이 자료를 보세요."

"끄응!"

네드 콜레티 단장은 침음을 토한다.

LA 다저스를 통째로 팔아도 만들 수 없는 거금을 혼자서 출자했다는데 어찌 괜찮을 수 있겠는가!

"게다가 이 친구는 세계 최고의 IQ를 가졌습니다. 여기 이거 보십시오."

현수가 6대 수학 난제를 모조리 풀어냈고, 페르마의 마지막 정리까지 새로운 방법으로 증명했다는 기사이다.

하여 한국에서 열릴 세계수학자대회에서 수학계의 노벨상인 필즈상 수상이 100% 확실하다는 내용이다.

"헐……!"

"뿐만이 아닙니다. 단장님, 지현에게와 첫 만남, 그리고 In the moonlight라는 곡을 혹시 아십니까?"

"그럼, 잘 알지. 지현에게와 첫 만남은 한국어로도 부를 수 있네. 내가 아주 좋아하는 곡이야. In the moonlight는 내 휴대폰의 컬러링이고. 가사도 가사지만 멜로디가 아주 좋잖아. 안 그런가?"

단장은 크게 고개를 끄덕인다. 본인뿐만 아니라 가족들까지 모두 좋아하는 희대의 명곡이기 때문이다.

하긴 빌보드 차트 부동의 1위부터 3위 곡이니 모르고 싶어도 모를 수 없다. 라디오를 켜면 한 시간 안에 한 곡은 나오고, 어느 레스토랑을 가도 흘러나는 곡이기 때문이다.

"그거 다 김현수 작사, 작곡입니다."

"정말? 정말 그렇다면… 끄웅!"

저작권 수입만 해도 어마어마할 것이다.

세 곡 모두 전 세계를 강타한 곡이니 메이저리그 연봉 정도는 껌값일 수도 있다.

"그리고 그 친구, 세계 9위의 건설사 부사장입니다. 연봉은 2,500만 달러이고, 70세까지 정년 보장입니다."

"……!"

할 말이 없다. 메이저리그 연봉 2위와 같은 돈을 이미 벌고 있는 자를 무슨 재주로 꼬신단 말인가!

"또 하나 있네요. 그 친구가 쉐리엔 개발자랍니다."

"쉐리엔을?"

본인은 물론 가족 모두 애용하는 제품이다.

너무 효과가 좋아 살 수만 있다면 사재기라도 해서 쌓아두고 싶은 상품이다.

"항온의류라고 들어보셨지요?"

"알지, 항온의류! 설마 그것도?"

"네."

긴 말이 필요 없다. 단장은 긴 한숨을 내쉰다.

"휴우, 백약이 무효이겠군."

돈으로는 꼬실 수 없는 사람이라는 걸 인정한 것이다.

"프리미어 리그, 분데스리가, 프리메라리가, 세리에에서도 김현수 부사장을 잡으려고 애를 쓰고 있다네요."

"축구의 신이라서?"

유럽의 축구 리그마저 눈독을 들인다니 할 말이 없다.

"네, 그중 맨체스터 시티의 구단주인 만수르는 연봉 10억 달러를 제시하려 했다네요."

"끄응! 연봉이 10억 달러……?"

"네, 그런데 그게 세후 연봉이랍니다."

"헐!"

EPL에선 절반 정도가 세금으로 나가니 연봉으로 20억 달러를 주겠다는 것과 다름없다. 돈 많은 메이저리그라 할지라도 꿈도 꿀 수 없는 거금이다.

올해 메이저리그 연봉 총액 1위는 양키스를 뛰어넘은 LA 다 저스이다.

LA 다저스는 2억 3,500만 달러로 연봉 총액 1위에 올랐고, 뉴욕 양키스는 2억 400만 달러로 2위에 머물렀다.

참고로 3위는 필라델피아 필리스(1억 8,000만)이고, 보스턴 레드삭스(1억 6,300만)와 디트로이트 타이거즈(1억 6,200만)가 그 뒤를 이었다.

한편, 휴스턴 애스트로스는 지난해에 비해 2,700만 달러가 늘었음에도 총액 4,500만 달러로 최하위에 머물러 있다.

만수르가 제안한 금액은 양키스의 수많은 선수에게 지급하는 연봉 총액과 거의 같은 것이다.

휴스턴 애스트로스에 비교하면 네 배 이상 많은 금액이다.

아무리 돈을 펑펑 쓰는 다저스라 할지라도 꿈도 못 꾸는 금액이다.

단장은 입맛을 다신다. 이때 엘리스의 말이 이어진다.

"단장님, 이걸 한번 보십시오."

엘리스는 유튜브 동영상을 재생시켰다. 일본 사회인 축구팀과의 경기 중 하이라이트 부분이다.

"…대단하군! 근데 대체 이 친구는 뭐야? 외계인인가? 다리 힘도 끝내주고 어깨는 더해! 시속 171.3km짜리 그거 투심이었잖아."

"네, 제대로 된 투구 폼을 장착하고 포심으로 던지면 아무리 안 돼도 시속 190km짜리는 던질 겁니다."

"세상에 맙소사! 그걸 누가 건드려?"

"그렇죠. 스트라이크 존 한가운데를 파고드는 직구 하나만 있어도 무조건 이기죠."

"그래, 그렇겠지. 사람의 시력으로 그걸 보고 친다는 건 말도 안 되니까."

단장은 크게 고개를 끄덕인다. 시속 160km짜리도 치기 힘든데 그보다 30㎞나 더 빠르다면 스탠딩 삼진이 당연하다.

"제가 그 친구 공을 몇 개 받아봤는데 야구공을 던지는 게 처음인 듯싶었습니다."

"으잉? 그게 무슨 소리인가?"

"그립에 따라 구질이 달라질 수 있음을 잘 모르는 것 같더라구요. 맨 마지막 공은 투심이었지만 중간에 슬라이더도 있고 싱커도 있었습니다. 커터도 한 번 있었구요."

"……!"

단장은 입을 딱 벌린다. 동영상에 나온 공은 모두 스트라이크 존을 통과했다. 처음 야구공을·던지는데 다양한 구질 전부가 스트라이크였다는 뜻이다.

"죄송합니다. 실수로 동영상을 보낸 겁니다. 그 친구가 그런 친구란 걸 나중에야 알게 되었거든요."

엘리스는 바쁜 단장과 프런트, 그리고 스카우트들이 이곳까지 온 것에 대해 사과했다. 경솔했음을 인정한 것이다.

"아닐세. 덕분에 야구의 신을 보았네."

수많은 메이저리그 선수를 보아왔지만 단장은 현수 같은 투수를 본 적이 없다. 그렇기에 저도 모르게 이런 표현을 쓴 것이다.

"저도 그가 야구의 신이라 불렸으면 좋겠습니다."

문득 단장이 개구진 미소를 짓는다.

"…그럼 우리 장난 한 번 하세."

"네? 장난이요?"

"그 영상, 유튜브에 올리게. 여기 주소 넣고."

"…흐흐, 흐흐흐흐!"

엘리스는 저도 모르게 음흉한 웃음을 짓는다.

메이저리그 30개 구단 전부가 발칵 뒤집힐 것이 예상된 때문이다.

"아예 MLB 사무국에도 영상을 보낼까요?"

"그렇지! 그러게, 대체 누굴까 하는 물음표를 붙여서 보내게. 크흐흐, 흐흐흐!"

단장은 자신이 헛걸음한 것에 대한 보복으로 현수와 다른 구단들을 괴롭히기로 마음먹은 것이다.

"동영상의 제목은 'God of Baseball' 로 할까요, 아님 'God of Pitcher' 로 할까요?"

" 'It would be 190㎞/h!' 가 더 직설적이지 않겠어?"

"그렇군요. 더 강렬해요. 숫자니까 눈에 확 띄고요. 알겠습니다. 그럼 그 제목으로 해서 메이저리그 사무국에 동영상을 보내죠. 유튜브에도 올리구요."

잠시 후, 엘리스의 얼굴만 이중으로 모자이크된 동영상이 유튜브와 MLB로 보내졌다.

동영상을 올린 뒤 단장을 비롯한 일행은 각자의 객실로 향했다. 기왕에 왔으니 하룻밤 쉬어가기로 한 것이다.

다음 날 아침, 여느 때처럼 일찍 일어나 스트레칭을 마친 엘리스는 유튜브에 접속했다. 조회수를 확인하려는 것이다.

"헐! 이런 미친……."

LA와 리우데자네이루는 시차가 있다.

어젯밤 동영상을 올린 시각은 오후 9시경이다. LA는 오후 3시였다.

그로부터 약 12시간이 지난 현재 현수가 공 던지는 영상의 조회수는 20만을 넘고 있다.

스크롤바를 내려 댓글을 확인하니 처음엔 깜짝 놀라 감탄사를 터뜨리는 것 위주였는데 차츰 조작이라는 의견이 많아졌다.

그로부터 약 2시간 후 누군가 이 영상을 확인한 결과 일체의 조작도 들어 있지 않음을 보증한다는 의견이 올라왔다.

사람들이 믿지 않자 자신의 신분을 밝혔는데 ABC방송국 편집실 직원이라고 한다.

그러자 폭풍 댓글이 달리기 시작했다. 누군지 신분을 확인해서 즉각 메이저리그로 소환해야 한다는 것이다.

그런데 누군가 현수를 알아봤다.

현수의 신분이 드러나자 또 댓글이 달린다. 주로 현수가 누구인지를 밝히는 것이다.

전 세계적인 신상털기에 돌입한 것이다.

천지건설에 관한 이야기, 천지약품에 관한 에피소드, 이실리프 자치령에 관한 것들로 시작되었다.

결국 아디스아바바의 누군가가 현수를 알아보고 '코리안 빌리지의 성자'라고 댓글을 달았다.

그게 뭐냐는 질문에 코리안 빌리지에서 일어난 일들이 댓글로 달린다.

별다른 약품도 없이 침 몇 개로 온갖 질병을 다 치료해 낸 성자라면서 다른 유튜브 주소를 올려놓았다. 현수가 불치병인 진폐증을 치료해 낸 것을 취재한 방송국 동영상이다.

뿐만이 아니다. 현수가 천지건설 직원으로서 이룩해 낸 업적들이 올라왔다.

잉가댐과 수력발전소 건설공사 수주에서 시작했다.

현지 측량을 위해 나선 천지건설 직원들이 반군들에 의해 공격받자 세스나기를 전세 내서 현장까지 간 뒤 낙하산을 타고 내려간 이야기도 나와 있다.

아울러 백발백중 사격술에 관한 것도 있다.

그리고 킨샤사 비날리아 간 고속도로 공사, 차안다 가스전 개발공사 및 파이프라인 연결공사, 아제르바이잔 유화단지 공사 등이 언급되자 감탄사 연발이다.

공사 규모가 어마어마하다.

사람들은 마치 댓글 전쟁이라도 벌이는 듯하다. 조회수는 20만 남짓인데 달린 댓글의 수효는 40만 개가 넘는다.

극성스런 한국인 키보드 워리어들이 가담한 결과이다.

같은 시각, MLB에 올려놓은 동영상에도 수많은 댓글이 달린다. 전 세계 야구팬 모두가 이구동성으로 동영상의 주인공이 누구인지를 묻는다.

삽시간에 소문이 번졌고, 30개 메이저리그 구단 모두 사무국으로 전화를 걸어 대체 어디에서 어떻게 구한 동영상인지를 문의한다.

영상의 출처가 리우데자네이루임을 알려주자 여기저기에서 전용기들이 뜬다. 동영상을 분석한 결과 시속 190km짜리 포심도 던질 수 있다는 판단이 내려진 결과이다.

이런 선수라면 무조건 잡아야 한다. 인류 역사상 어느 누구도 가져보지 못한 전무후무한 능력이기 때문이다.

이곳에서도 현수의 신상이 밝혀졌다. 이에 각 구단은 모든 인맥을 동원하여 현수의 위치를 파악했다.

그러다 리우데자네이루 재개발 공사 수주를 위해 출장 갔다는 정보를 얻자마자 비행기부터 띄운다.

거대 건설사의 부사장이라 하여 메이저리그 선수가 되고 싶은 마음이 없지는 않을 것이기 때문이다.

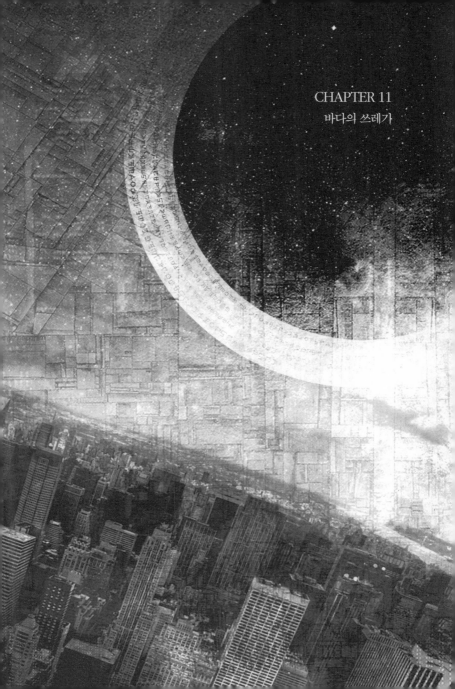

CHAPTER 11
바다의 쓰레가

전능의팔찌
THE OMNIPOTENT
BRACELET

어젯밤, LA 다저스의 네드 콜레티 단장이 도착해 감탄사를 연발하고 있을 때 현수는 일행과 더불어 즐거운 시간을 보내고 있었다.

나이트클럽을 방문할 때마다 문제가 생겼기에 현수는 자리에 앉아 잔만 비우며 일행을 살폈다.

구본홍 대리는 스테파니와 꽤 진도가 나간 듯 밀착 댄스를 추었다. 유민우 대리는 늘씬한 브라질 여성들에게 연신 추파를 던지며 하룻밤 인연을 찾고 있다.

박진영 과장과 최규찬 부장은 칵테일 한 잔씩을 앞에 놓고

두런두런 이야기를 나누는 중이다.

이 자리에 연희는 없다. 피곤하다며 먼저 객실로 돌아간 때문이다. 현수와 함께 즐거운 시간을 보낼 수 있었다면 그러지 않았을 것이다. 남들의 눈치를 보며 쭈뼛거릴 바엔 차라리 잠을 더 자기로 한 것이다.

현수는 연희의 신상에 문제가 없도록 반지와 목걸이를 점검했다. 모든 마법진은 정상 작동 중이다.

따라서 연희에겐 아무런 문제도 발생할 수 없다.

그렇기에 마음 편히 구경했다.

"부사장님, 스테이지에 나가셔서 춤도 추고 그러세요."

"아이고, 아닙니다. 괜찮습니다."

최 부장은 더 권하지 않는다. 현수가 유부남이라 그러는가 싶은 것이다.

홍겨운 음악에 몸을 싣고 신 나게 흔들던 구본홍과 스테파니는 자리에 앉자마자 갈증을 느끼는지 시원하게 잔을 비운다. 그리곤 잠시 쉬었다가 또 스테이지로 나간다.

유민우는 아예 돌아오질 않는다. 그렇게 두 시간쯤 지났을 때 현수는 자리에서 일어났다.

"최 부장님, 바닷가 산책이라도 해야겠습니다. 직원들 챙겨주십시오."

"혼자 가셔도 되겠습니까?"

밤이 되면 치안에 문제가 발생할 수 있기에 하는 말이다.

"괜찮을 테니 저는 걱정 마시구요. 산책 마치면 곧장 호텔로 가겠습니다."

"네, 그럼 그러시죠."

윗사람이 가겠다는데 어떻게 붙잡겠는가!

현수는 나이트클럽 밖으로 나와 바닷가 쪽으로 걸었다. 늦은 밤이지만 시끌벅적했다. 과연 관광지답다.

이국적인 풍광에 잠시 시선을 준 현수는 천천히 바닷가를 걸었다. 처음엔 파도 소리에 사람들 떠드는 소리가 섞여서 들렸지만 바다 가까이 다가가니 파도 소리가 훨씬 더 커진다.

"흐으음! 좋군."

시원한 바람에 몸을 맡긴 현수는 먼 바다를 바라보았다.

삥—!

소리가 나기에 시선을 돌려보니 모래 위에서 한 떼의 청년이 축구를 하고 있다.

"미구엘! 패스해, 패스!'

삥—!

손을 번쩍 든 청년에게 공이 가자 능숙한 솜씨로 드리블을 한다. 그라운드가 아님에도 상당한 실력이다.

우르르 몰려왔다 우르르 몰려가는 축구를 하고 있지만 확실히 드리블이 뛰어나다. 이 동네 사람들의 특성인 듯싶다.

물끄러미 바라보던 현수는 바닷바람을 실컷 쐰 후 호텔로 돌아갔다.

연희는 샤워를 마치고 TV를 보고 있다.

한국의 가요 프로그램인데 포르투갈어 자막이 달려 있다.

"한류가 여기까지……?"

TV 옆 팸플릿을 보니 채널과 상영 시간표가 있다. 음악 방송뿐만 아니라 한국 드라마도 방영된다고 되어 있다.

"피곤하죠? 이쪽으로 와요"

현수가 소파에 앉자 연희는 등받이 위에 걸터앉는다. 그리곤 현수의 승모근 부위를 안마하기 시작한다.

"여기가 뭉치면 피곤한 거래요."

"그래? 시원하네. 피곤한 거였나?"

현수는 짐짓 연희의 나긋나긋한 손길을 즐긴다.

"그런 자기는 안 피곤해?"

"아깐 조금 그랬는데 지금은 괜찮아요. 뜨거운 물속에 좀 들어갔다 나오니 풀렸나 봐요."

"그래? 다행이네. 이제 그만하고 내려와. 난 괜찮으니까."

"치이! 시로요. 또 나 괴롭히려고 그러는 거죠? 히잉! 그러지 마요. 나, 자기 때문에 힘들어서 죽는단 말예요."

"알았어. 안 그럴게. 내려와. 자기 안아주고 싶어서 그래."

"그러다 또 나 괴롭히면 알죠?"

"응, 약속."

소파에서 내려온 연희를 보듬어 안은 현수는 잠시 TV에 시선을 주었다. 채널을 이리저리 돌리다 보니 세계 곳곳의 뉴스를 전하는 프로그램을 보게 되었다.

마침 화면엔 불법 조업을 하는 지나 어선과 한국 해경의 모습이 보인다. 단속하는 해경에게 뾰족하거나 날카로운 것으로 반항하는 모습이 촬영되었다.

'이런. 아직도 정신을 못 차린 거야?'

지난 2월 24일에 충남 태안 격렬비열도 인근에서 불법 조업하던 지나 어선 226척을 침몰시킨 바 있다.

NLL 인근 해역에선 318척을 침몰시켰다.

3월 7일엔 마라도 남서쪽 해역에서 불법 조업하던 지나 어선 712척을 수장시켰고, 신안군 가거도 해역에서 싹쓸이 조업을 하던 438척 또한 빠뜨려 버렸다.

1,694척이나 침몰되었으면 정신을 차려야 하는데 아직도 불법 조업을 하며 이를 단속하는 한국 해경에게 극렬하게 저항하고 있다.

'이런 양심도 없는 것들이……!'

현수는 속에서 치미는 노화를 억지로 눌렀다. 사랑하는 아내 연희가 품속에 안겨 있기 때문이다.

"오늘도 곁에 있을까, 아님 내 방으로 갈까?"

"으음! 오늘은 자기 방에서 자요."

지금은 순한 양처럼 부드럽다. 따라서 같이 잠들고 싶지만 언제 현수가 짐승으로 돌변할지 몰라 한 말이다.

"그래, 그럼 난 내 방으로 갈게. 편히 쉬어."

"네, 자기도요."

현수는 문을 열고 나와 자신의 객실로 향하지 않았다. 혹시 있을지 모를 사람들의 시선 때문이다.

하여 올 때처럼 블링크로 이동했다.

자신의 객실에 당도했음을 확인한 현수는 마나에 의지를 실어 보냈다.

"아리아니, 내게로 올래?"

부르고 얼마 지나지 않아 아리아니가 나타난다.

"부르셨어요, 주인님?"

"응. 어디 가 있었어?"

아리아니는 리우데자네이루에 당도한 이후 현수의 곁을 떠나 있었다. 모처럼 만난 울창한 정글이 신 나서 시찰하러 간 것이다.

"여긴 숲이 울창해서 좋아요, 주인님."

"그래, 좋은 곳이지. 북쪽으로 가면 더 좋은 곳도 있어."

아마존을 떠올리며 한 말이다.

"그나저나 실라디아 좀 불러줄래?"

"네, 잠시만요. 실라디아, 나와!"

프리링—!

아리아니의 말이 떨어지기 무섭게 바람의 최상급 정령 실라디아가 현신한다.

"부르셨사옵니까, 마스터?"

공손히 고개 숙여 예를 갖추니 못 볼 것이 보인다.

'정령더러 옷을 입으라고 할 수도 없고. 쩝!'

현수는 고개를 흔들었다. 방금 본 것을 잊기 위함이다.

"실라디아! 여기 이 지도 보이지? 여기가 어딘지 알겠어?"

미리 꺼내놓은 지도의 한 부분을 짚자 실라디아가 크게 고개를 끄덕인다.

"마스터의 나라 한국의 바다네요."

"이 바다에 가면 불법 조업하는 지나 어선들이 있을 거야. 이렇게 생긴 거."

현수는 불법 조업하는 지나 어선들이 찍힌 사진을 모니터에 띄웠다.

"알아요, 이런 배. 상당히 많아요."

"그래, 지금 가서 어디에 이런 배들이 있는지 살펴봐 줘. 내가 그쪽으로 텔레포트해야 하니까 좌표도 알아오고."

"네, 마스터의 명을 받자옵니다. 그럼 저는……."

실라디아가 사라지자 현수가 아리아니에게 시선을 주었다.

"아리아니, 여기 숲 속엔 쓸 만한 거 없어?"

"바이롯 같은 건 없어요. 대신 다른 것들이 있죠."

"다른 거? 어떤 거?"

"사하라 사막에 사는 종이 이곳에 있었어요."

아리아니는 고개를 갸웃거린다. 사막에서 사는 생물이 정글에 있으니 어찌 이상하지 않겠는가!

"뭔데?"

"벌거숭이 두더지[Naked mole rats]요."

"벌거숭이 두더지? 아, 그거?"

언젠가 읽은 학술 서적에 이 녀석에 관한 내용이 있었다.

같은 무게의 포유류가 2년을 산다면 이 녀석들은 30년을 산다. 장수한다는 뜻이다.

게다가 항암 능력을 가지고 있어 암에 걸리지 않는 유일한 포유류이다. 아직 규명해 내지 못한 항암 매커니즘을 가진 생명체이기도 한 것이다.

항암은 물론이고 장수에 대한 열쇠를 품고 있다 하여 본격적인 연구 대상이 된 녀석들이다.

"잘 있지?"

"네, 잘들 있지요. 땅속에서 살기에 천적으로부터 안전하니까요."

"걔들은 그냥 놔둬."

현수는 잠시 아리아니와 이런저런 이야기를 나누었다.

그러다 룸서비스를 불러 커피를 한 잔 마셨다. 이 방에 머물고 있었음을 증언해 줄 존재가 필요했기 때문이다.

"씰(Seal)!"

어느 누구도 문을 열고 들어올 수 없도록 밀봉 마법을 구현하곤 검은색 로브로 갈아입었다.

'아직 멀었나?'

바람의 최상급 정령 실라디아는 뜻이 있는 곳에 현신할 수 있는 능력을 가지고 있다. 지구의 어느 곳이든 불과 1~2분이면 당도할 수 있다.

물리적인 형체를 가진 게 아니므로 어느 곳으로든 이동이 가능하다. 물속이나 땅속에도 머물 수는 있지만 갑갑해서 싫어할 뿐이다.

왠지 늦는다 싶어 현수가 고개를 갸웃거릴 때 실라디아가 이 나타난다.

"조금 늦었사옵니다, 마스터."

"그래, 조금 늦었네. 왜 이렇게 시간이 많이 걸린 거야?"

"말씀하신 배들이 여러 곳에 있어서 그랬사옵니다. 종이라는 것을 꺼내놓으시지요."

"그래."

종이를 꺼내놓자 그 위에 글씨를 쓴다. 펜으로 쓰는 게 아니라 바람의 칼날이 구멍을 뚫는 것이다.

B73KDG643Q5A — PDG44589Z12U — 65BRH154EU43
6195PE143NBL — KGW15784B964 — 23ZZG312RRJB
331T41411UCK — HPT98023W33A — 44BGP865BCR7
……
4195K5557TPW — G1R6B710R77P — 7411WBB7KKT9

"뭐야? 뭐가 이렇게 많아?"

실라디아가 확인해 온 좌표는 열네 곳이나 된다.

"여기저기 많이 흩어져 있사옵니다."

"이 밤중에? 아, 지금 거긴 밤이 아니겠구나."

리우데자네이루와 황해는 14시간의 시차가 있다. 지금 이곳의 시간은 오후 10시 정도 된다.

그렇다면 황해는 현재 오전 8시쯤 된다는 뜻이다.

"위에 있는 것부터 배가 많이 있는 것이옵니다, 마스터."

"그래? 얼마나 있는데?"

"맨 위에 있는 것은 1,137척, 다음은 1,022척, 그다음은 689척이고, 665척, 612척, 608척, 596척, 588척, 575척, 570척, 561척, 559척, 548척, 449척이옵니다."

실라디아는 기억력이 좋은 듯 조금도 머뭇거리지 않고 숫자를 이야기한다.

"근데 뭐가 이렇게 많아?"

"1,000척이 넘는 것은 마스터의 나라에서 동해라 부르는 곳에 있사옵니다."

"지나 어선이 동해까지 갔다고?"

"네, 그곳에서 쌍끌이 어망으로 오징어를 씨를 말리고 있었사옵니다. 황해 쪽은 치어는 물론이고 어구까지 싹쓸이하는 중이옵니다."

"이런 개 같은……! 아리아니, 아공간에 들어가서 전처럼 컨테이너 좀 열어봐."

"네, 주인님. 근데 하나당 500명씩만 넣으세요."

"알았어. 동해부터 가보자. 텔레포트!"

샤르르르룽—!

현수의 신형이 스르르 사라진다.

다음 순간 현수는 울릉도에서 멀지 않은 바다 위에 나타났다. 밤이라 착각하여 걸친 검은색 로브가 해풍에 휘날린다.

"실라디아, 바람은 잦게 하고."

"네, 마스터!"

말이 떨어지기 무섭게 한겨울의 삭풍처럼 불어오던 바람이 멈춘다. 시선을 돌려보니 멀지 않은 곳에 지나 어선이 늘어져 있다. 이곳이 동해인지 지나의 앞바다인지 구분할 수 없을 정도로 많다.

"퍼펙트 트랜드페어런시! 플라이!"

두 개의 마법을 구현시킨 현수는 지나 어선 근처로 다가갔다. 당연히 아무도 눈치채지 못하고 있다.

"씽크(Sink)! 씽크! 씽크! 씽크!"

가장 외곽에 있던 어선부터 침몰하기 시작한다.

마치 바다 괴물이 강력한 힘으로 잡아당기는 것같이 단숨에 수면 아래로 빨려든다.

"어어! 배가 왜 이래?"

"아악! 침몰한다! 탈출하라! 탈출하라!"

"으아악! 왜, 왜 이러는 거야? 아악!"

텀벙! 첨벙! 첨벙!

"어푸! 어푸! 꼬르륵! 어푸! 어푸!"

아무런 조짐도 없다가 갑자기 배가 침몰하자 선상에 있던 자들은 황급히 바다로 뛰어든다.

그런데 몇 번 허우적거리기도 전에 사라진다.

"입고! 입고! 입고!"

현수는 계속해서 배들을 침몰시키면서 바다에 뛰어든 어부들을 아공간에 담았다. 워낙 어선 수가 많았기에 컨테이너 수용 인원 1,500명이 금방 채워진다.

현수는 어선이 너무나 많음을 느낀다.

"아리아니, 엘리디아도 불러줘."

"네, 주인님. 엘리디아, 현신해. 주인님께서 부르셔."

추와아아악—!

바닷물을 헤치고 투명한 용이 튀어나온다. 물의 최상급 정령 엘리디아이다.

"마스터를 뵙사옵니다."

"그래, 엘리디아, 저기 저 어선들 보이지?"

"네, 그러하옵니다."

"지금부터 실라디아와 힘을 합쳐 모조리 침몰시켜."

"모조리 말씀이시옵니까?"

마스터의 명령이니 확인하는 것이다.

"그래, 모조리 침몰시켜."

"알겠사옵니다. 명대로 하겠사옵니다."

"난 잠시 자리를 비울 테니 일 끝나면 여기서 대기해."

"알겠사옵니다."

실라디아가 바람을 일으키자 잔잔하던 바다는 금방 폭풍우에 휘말린 것처럼 들썩이기 시작한다.

점점 파도가 높아지는가 싶더니 모든 어선이 삼각파도에 휩싸인다.

"아악! 이건 뭐야? 왜 이래? 이게 대체 뭐야?"

"폭풍우다! 폭풍우야! 아앗! 침몰하겠다!"

"어, 어서 구조 신호 보내! 어서!"

놀란 어부들이 황급히 구조 신호를 보내는 한편 침몰에 대비할 때 엘리디아의 투명한 동체가 파도와 같은 색깔로 변한다. 그리곤 곧장 수많은 배를 휘감기 시작한다.

그것은 곧 침몰을 의미한다.

구조 신호는 보냈다. 하지만 이곳까지 도움의 손길을 베풀러 오려면 오랜 시간이 걸릴 것이다.

같은 순간, 현수는 연옥도에 당도해 있다.

쏘이기만 하면 비명도 지를 수 없을 정도로 무시무시한 고통을 선사하는 타란툴라 호크가 우글거리는 곳이다.

"아공간 오픈! 출고!"

컨테이너 세 개가 바닥에 놓이고 문이 열리자 1,500명의 불법 조업 어부가 튀어나오며 고래고래 소리를 지른다.

과연 시끄럽기 이를 데 없는 족속이다.

"모두 이곳을 보라!"

현수의 위엄 넘치는 음성에 고개를 든 자들은 눈을 비빈다. 사람이 허공에 떠 있으니 놀란 것이다.

그러거나 말거나 매뉴얼에 따라 모든 의복을 벗겼다. 모아 놓으니 되놈 아니랄까 봐 지독한 악취가 풍긴다.

"입고!"

이것들을 아공간에 넣은 현수는 설명 없이 동해로 텔레포트했다. 다음 순간 기다렸던 타란툴라 호크들의 공격이 시작되었다.

"뭐야? 여긴 대체 어디지? 바다에 있었는데 갑자기 웬 정글이야? 으앗! 이, 이게 뭐야?"

"헤엑! 말벌이다, 말벌! 모두 피해!"

"아악! 저, 저리 비켜! 오지 마! 아아아아아악!"

타란툴라 호크의 공격이 개시되자 발가벗은 군상들이 사방으로 흩어진다. 남이야 쏘여서 비명을 지르든 말든 본인부터 피하면 그만이라는 이기주의가 여기서도 나타난다.

하지만 그것은 그리 길지 못했다.

"으앗! 배, 뱀이다! 왕뱀이야!"

"허헉! 아, 악어잖아? 으아앗! 악어가 쫓아온다!"

"우아아아악! 쥐, 쥐 떼야! 아아아악!"

사방팔방에서 온갖 비명이 난무한다. 이런 모습을 지켜보고 있는 인간들이 있다.

전에 잡혀온 어부, 또는 삼합회 단원들이다. 쥐와 아나콘다, 그리고 악어로부터 피하기 위해 나무 위에 올라가 있다.

타란툴라 호크의 공격을 피하기 위해 온몸에 흙칠을 한 상태이다. 이들 역시 바라보고만 있다.

도움의 손길을 베풀 생각은 추호도 없다.

나무를 타고 오르라고 하면 하면 마치 개미 떼처럼 달라붙어 기어오를 것이다. 그러면 나무가 부러질 수도 있다.

그렇기에 쳐다보고만 있다.

같은 순간, 현수는 여러 거점을 거쳐 동해로 되돌아가고 있다. 동해에서 이곳까지 오는 데 걸리는 시간은 약 10분이다. 마나의 양이 절대적으로 늘어나면서 이동 거리도 비례한 덕분이다.

처음 텔레포트로 이동할 때엔 아홉 개의 거점을 거쳐야 서울과 킨샤사를 오갔다.

킨샤사→우간다→에티오피아→예멘→오만→이란→파키스탄→인도→미얀마→지나→서울.

그러다 깨달음을 얻으면서 마나의 양이 늘어 세 개의 거점으로 줄어들었다.

킨샤사→에티오피아→이란→서울.

지금은 딱 한 군데만 거친다.

킨샤사→이란→서울

시간도 많이 줄어들었다. 하여 10분 만에 오거나 갈 수 있게 되었다.

"오셨사옵니까?"

"그래, 어떻게 했어? 다 침몰시켰어?"

"네, 저기."

실라디아가 가리키는 곳은 보니 부유물이 수북하게 떠 있다. 스티로폼 같은 것들이다.

"실라디아, 그리고 엘리디아, 저기 있는 것들은 나중에 전부 일본 해안 쪽으로 밀어다 놔."

"침몰한 배들도 그렇게 할까요?"

"…그래. 바다 속에 폐어망 같은 것들이 있거든 그것들까지 모조리 다 일본 쪽으로 옮겨놔. 아, 이 옷들도."

연옥도에서 가져온 어부들의 옷도 바다에 던져놓았다. 냄새가 끝장이다.

"크으, 냄새! 이것들도 포함이야."

"네, 알겠사옵니다."

"자, 다음 장소로 이동하자. 텔레포트!"

독도에서 그리 멀지 않는 바다에 당도한 현수는 아까처럼 배들을 침몰시켰다. 컨테이너엔 새로 1,500명이 담겼다.

산소 공급 장치에 남은 산소량이 얼마 안 된다는 말에 나머지는 실라디아와 엘리디아에게 맡기고 다시 한 번 연옥도로 향했다.

먼저 데려다 놓은 놈들은 불과 50분 만에 너덜너덜해져 있다. 바닥을 뒹굴며 비명을 지르면서 발광하는 중이다.

벌써 아나콘다와 악어에게 잡혀먹은 놈들도 있고, 굶주린 쥐 떼와 사투를 벌이는 놈들도 있다.

그러거나 말거나 컨테이너를 꺼내 새로 1,500명을 풀어놓았다. 모두 발가벗겨 의복을 회수하곤 뒤도 돌아보지 않고 텔레포트했다.

다시 동해로 간 것이다.

"다 끝난 거야?"

"네, 별로 어려운 일도 아닌데요, 뭐."

실라디아는 아주 태평스런 표정이다. 하긴 유조선처럼 대형 선박도 아니니 바람의 정령으로선 쉬운 일일 것이다.

"좋아, 다음은 서해안이야. 텔레포트!"

"네, 주인님. 근데 컨테이너에 산소가 없어요."

"알았어. 이번엔 그냥 보이는 족족 침몰시키고 끝내자."

현수와 아리아니, 그리고 실라디아와 엘리디아는 서해로 향하여 열두 무리의 불법 조업 어선을 모조리 수장시켰다.

실라디아는 풍랑을 일으켜 침몰시키는 방법을 썼는데, 어선끼리 충돌시켜 산산조각 나도록 했다.

다시는 어선으로 사용할 수 없도록 폐기한 것이다.

그래서 시간이 제법 걸렸는데, 그사이에 구조신호를 보낸 듯하다.

그러거나 말거나 부서진 배들의 잔해는 모조리 지나 해군 기지 가운데 하나인 청도항 앞바다로 몰아넣으라 했다.

서해엔 엄청난 쓰레기가 떠다닌다. 우리나라에서 버려진 것도 있지만 지나에서 온 것도 상당히 많다.

백령도, 자월도 등의 섬들이 이것으로 인해 몸살을 앓고 있다. 그렇기에 부유물은 물론이고 바다 속 쓰레기까지 모조리 지나의 항구로 이동시키도록 했다.

폐어망, 폐어구 등이다.

엘리디아에게 이 일이 끝나면 지나에서 버린 쓰레기가 서해를 건너 한반도까지 오는 것을 차단하라고 했다. 이를 위해 노에디아는 해저지형을 손봐줄 것이다.

구조적으로 쓰레기 유입을 막는 방법을 모색한 것이다.

오늘 하루 현수 일행으로 인해 침몰한 불법 조업 지나 어선은 모두 9,179척이다.

한 척당 13명씩 있었으니 약 11만 명이 익사했다. 3,000명은 연옥도에서 지독한 고통을 겪고 있을 것이다.

하지만 추호의 연민도 가져줄 필요가 없다.

남의 나라에 몰래 들어와 싹쓸이 조업으로 어족자원의 씨를 말린 놈들이니 본인들도 씨가 말라봐야 할 것이다.

"당분간은 불법 조업을 못하겠군."

리우데자네이루로 되돌아온 현수가 중얼거린 말이다.

같은 시각, 지나 해양부엔 비상이 걸렸다.

빗발치는 구조 요청 때문이다. 가용한 모든 선박을 띄워 급히 사고 해역으로 보냈다.

동해의 두 군데는 포기했다. 지나에서 거기까지 가기엔 시간이 너무 많이 걸리기 때문이다.

대신 황해의 열두 곳으로 고속정들을 급파했다.

한국과 일본의 영해를 침범해야 하는 상황인지라 외교부까지 나서서 양해를 구해야 했다.

이 과정에서 동해에서 조업하던 배들에 대한 구조 요청을 한일 양국에 했다. 알았다고는 했지만 그곳 역시 가봐야 상황 끝일 것이다.

울릉도에서 가장 가까운 육지는 경북 울진의 후포이다. 직선거리로 159㎞이다. 강원도 동해에선 161㎞ 떨어져 있다.

해군 1함대 소속 고속정 참수리호는 38노트(66.6㎞/h)로 출동할 수 있다. 따라서 사고 해역까지 가는 데 걸리는 시간은 아무리 빨라도 세 시간 정도 걸린다.

이 시간이면 구명동의를 입지 않은 이상 모두 익사다.

아무튼 한국 해군은 협조 요청을 받고 곧바로 참수리호를 출동시켰다. 일본에서도 순시선을 보낸다고 하지만 이것 역시 세 시간 이상 걸려야 사고 해역에 당도한다.

문제는 너무나 많은 어선이 있었다는 것이다.

동해에 있던 지나 어선은 모두 2,159척이다.

승선 인원만 약 28,000명인데 이들 중 절반이 살아 있다 하더라도 14,000명을 배에 태워야 한다.

참수리호 같은 고속정은 감당할 수 없는 숫자이다. 하여 한 국과 일본 양국은 가용한 선박을 다 보내야 할 판이다.

물론 그래 봐야 아무 소용없다. 3,000명은 실종이고, 나머지 전원은 이미 죽었기 때문이다.

구명동의를 입은 자들도 마찬가지이다. 실라디아가 일으킨 찬바람으로 인해 저체온증으로 사망했다.

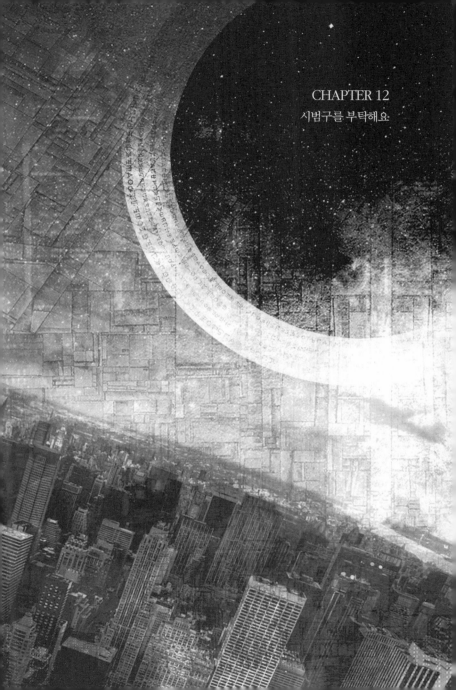

CHAPTER 12
시범구를 부탁해요

리우데자네이루 호텔 객실로 되돌아온 현수는 문에 걸린
씰 마법을 해제했다.

그리곤 다시금 룸서비스를 부탁했다. 이번엔 간단한 안주
와 맥주를 주문했다. 이로써 알라바이는 확실해졌다.

"좋은 아침입니다."

"네, 최 부장님도 얼굴이 좋아 보입니다."

"하하! 네, 모처럼 마음 놓고 푹 잤습니다."

최규찬 해외영업부장은 상사가 된 현수의 마음을 얻기 위

해 이번 프레젠테이션 준비에 총력을 기울였다.

출발 직전까지 아예 회사에서 숙식을 할 정도였다.

그리고 어제 순조롭게 프레젠테이션을 마쳤고, 준비한 리셉션까지 잘 마무리되었다.

현수가 개인적으로 제안한 파격적인 조건으로 인해 리우데자네이루 재개발 공사의 수주는 9부 능선을 넘은 듯하다.

그렇기에 어젯밤 즐거운 마음으로 술잔을 기울였고, 모처럼 아주 푹 잤다.

"아침 식사하러 갈까요?"

"네, 그러시죠."

현수와 최 부장이 호텔 식당으로 들어서니 연희가 샐러드 위주의 식사를 하고 있다. 구본홍과 스테파니, 유민우와 박진영은 과음한 탓에 아직 안 온 듯하다.

"아, 죄송합니다. 조금 늦잠을 잤습니다."

"괜찮아요."

박진영 과장이 깊숙이 허리를 숙인다. 부장과 부사장보다도 늦었다는 것이 마음에 걸리는 모양이다.

"그래, 괜찮네. 음식 맛있네. 특히 베이컨이 아주 좋군."

최 부장의 말에 고개를 끄덕인 박진영은 얼른 한 접시 가져다 놓고 먹는다.

"오늘 결판이 나는 겁니까?"

"아니요. 오늘은 프랑스의 빈치가 프레젠테이션을 하고, 내일은 미국의 벡텔이 해요. 이 회사들도 오랜 시간 준비했다는 걸 아는데 덜컥 발표하진 않을 겁니다."

"아, 그렇지요. 그럼 어떻게 하죠?"

"어떻게 하긴요. 발표할 때까지 푹 쉽시다. 그동안 고생했잖아요. 오늘도 바닷가에서 놀거나 아니면 코르코바도 언덕 위의 예수상을 보러 갈까요?"

"……!"

진심이냐는 표정이다. 현수는 고개를 끄덕였다.

"어디든 구경합시다. 따로 움직이고 싶은 사람은 그렇게 하구요. 구 대리와 스테파니는 그렇겠죠?"

이곳에 와서 불붙은 연인이다. 회사 동료나 상사 곁에서 눈치 보고 싶지는 않을 것이기에 배려하려는 것이다.

"저희야 좋지요! 감사합니다, 부사장님!"

"회사 돈 쓰는 건데요, 뭐."

피식 웃어준 현수는 음식을 충분히 즐겼다.

구본홍과 스테파니는 식사를 마치자마자 도로 객실로 갔다. 밤새 쏘다니다 지쳐 잠이 부족했던 모양이다. 점심나절이 되면 다시 쌩쌩해져 돌아다닐 것이다.

늦잠을 잔 유민우 대리는 끝내 내려오지 않았다.

식사 후, 일행은 해발 700m짜리 코르코바도 언덕 위로 올라갔다. 유명한 관광지라 가본 것이다.

안개가 끼어 리우데자네이루의 모습이 마치 동화 속 풍경처럼 보인다. 하지만 자욱하던 안개는 금방 걷혔다.

아래를 내려다보니 시가지가 보이고, 멀리 뾰족하게 솟은 돌산도 보인다. 해발 396m의 돌산 '팡데아수카르' 이다.

영어로는 슈거로프산(Sugarloaf Mountain)이라 부른다. 제빵용 설탕 덩어리처럼 생겨서 붙은 이름이다.

관광열차를 타고 내려오는데 전화가 걸려온다. 리우데자네이루 시장이 면담을 요청한다는 것이다.

현수는 일행과 헤어져 곧장 시청으로 향했다.

"어서 오십시오, 김 부사장님!"

"네, 또 뵙습니다, 시장님."

"리우의 인상은 어떤가요?"

"정말 좋았습니다."

의례적인 대답이 아니라 실제로 좋았다. 이국적인 풍광이 마음에 든 때문이다.

"좋게 봐주시니 다행입니다. 자, 이쪽으로 앉으시죠."

에두아르도 파에스 리우데자네이루 시장의 안내를 받아 소파에 앉으니 시원한 음료를 내온다.

"대통령님의 한 번 더 확인하라는 지시가 있어 불편하겠지만 걸음하시라 했습니다. 양해 바랍니다."

"아, 그거요? 제가 월드컵에 출전하면 아무래도 이곳에서
일하기가 좀 그럴 것 같습니다."

현수의 말엔 뼈가 있다.

브라질이 A조 1위가 되고 대한민국이 H조 1위가 되면 결
승전에서나 맞붙는다. 그런데 출전하면 불편하다는 뜻은 브
라질로부터 승리를 쟁취한다는 의미이다.

웬만한 사람이 이런 이야길 했으면 화를 냈을 것이다.

호날두나 메시도 브라질에선 이런 말을 하면 총 맞을 확률
이 있다. 그런데 현수는 축구의 신이다.

그래서 그런지 시장은 고개를 끄덕여 동의를 표한다.

"아무래도 그렇겠지요."

브라질 축구대표팀의 전문가들이 모여 현수의 경기 영상
을 분석한 바 있다.

드리블도 제지할 수 없고, 강력한 킥은 더더군다나 막을 수
가 없다. 현수가 출전하면 최소한 다섯 명 이상이 그를 에워
싼 채 경기를 해야 하는데 그렇게 되면 10 : 6의 경기가 된다.

골키퍼를 빼고 계산해 보면 9 : 5이다.

아무리 브라질 선수들의 기량이 뛰어나다 하더라도 절반
정도 되는 인원으로 한국대표팀 선수들을 이긴다는 건 장담
할 수 없다.

현수를 뇌두면 양 떼 속에 호랑이 한 마리를 풀어놓은 것이나 마찬가지 결과가 될 것이다. 하여 브라질이 월드컵에서 우승하는 게 어렵다는 결론을 내린 바 있다.

이런 와중에 출전하지 않는다니 어찌 반갑지 않겠는가!

재개발 공사는 누가 해도 한다. 공사비도 지불해야 하고, 적지 않은 시간이 걸리는 일이기도 하다.

이걸 천지건설에 주는 대신 월드컵 우승을 하는 게 더 낫다는 판단을 내렸다.

현수가 출전하지 않는 대가로 공사를 주었다고 하면 프레젠테이션을 한 건설사들은 배가 아프겠지만 그 나라 대표팀들은 좋아할 것이다.

현수가 출전하면 대한민국 국가대표팀은 어느 누구도 이길 수 없는 절대 강자이다. 아니라면 조별 예선을 걱정해야 하는 신세로 전락하게 된다.

H조에서 탈락하는 수모를 겪을 수도 있다는 것이다.

같은 조에 속한 알제리, 러시아, 벨기에가 가장 먼저 환호성을 터뜨릴 것이다.

어젯밤 브라질리아에선 긴급회의가 개최되었다.

공사를 주는 대신 현수의 출전을 막는 편을 택하는 결과가 도출되었다. 지금은 그걸 최종 확인하는 자리이다.

"한국과 브라질의 우호관계를 생각해서라도 제가 출전하

지 않는 게 좋지 않을까 생각합니다."

"아, 잘 알겠습니다. 현명한 선택입니다. 하하하!"

시장은 앓던 이라도 빠졌는지 환히 웃는다.

"오늘도 프레젠테이션이 있지요?"

"네, 그렇기 않아도 곧 시작되기에 가야 합니다. 앞으로 사흘만 기다려 주십시오."

"좋습니다. 그리고 회사를 대표하여 감사드립니다."

"에구, 무슨 말씀을……. 우리 국민의 기가 꺾이지 않도록 배려해 주셔서 오히려 저희가 감사를 드려야지요."

시청을 나온 현수는 피식 실소를 지었다.

"주영이 녀석이 사고를 내는 바람에 수주하는 셈이군."

'바람이 불면 옹기장수가 돈을 번다'는 말이 있다.

바람과 옹기가 별 관계가 없음에도 이런 말이 만들어진 것은 다음과 같은 논리 때문이다.

1. 바람이 불면 옹기를 이고 가던 처녀의 치맛자락이 휘날려 속옷이 보이게 된다.

2. 화들짝 놀라 이를 막으려 손을 내리면 이고 있던 옹기가 떨어져 박살이 난다.

3. 물을 길어 오려면 새 옹기가 필요하니 옹기장수가 돈을 번다는 뜻이다.

리우데자네이루와는 전혀 관련이 없는 일반 사회인축구팀

과의 경기가 오늘의 결과를 빚어냈다.

그렇기에 실소를 지은 것이다.

*　　　*　　　*

"저어… 김현수 부사장님이시지요?"

"네, 그렇습니다만."

"실례가 안 된다면 잠시 시간을 내주실 수 있는지요?"

"…누구시죠?"

"아! 네드 콜레티라 합니다. LA 다저스의 단장이지요."

네드 콜레티 단장이 건넨 네임 카드를 받아 든 현수는 자신의 것을 건네곤 그를 바라보았다. 야구와 아무 관련도 없는 자신에게 왜 시간을 내달라는지 궁금해서이다.

"천지건설의 김현수입니다. 반갑습니다. 그런데 제게 용무가 있으신가요?"

"며칠 전 엘리스를 만나셨지요?"

"아, 그것 때문에……?"

"실례가 안 된다면 공을 더 던져주실 수 있나 해서요."

"네? 그게 무슨……?"

현수는 프로야구 선수가 될 마음이 없다. 그런데 대뜸 이런 요구를 하니 의아하다는 표정이다.

"다저스 구장엔 다저스의 역사를 기록하는 박물관 및 전시실이 갖춰져 있습니다."

"그런데요?"

현수는 고개를 끄덕였다. 방송에서 본 것이다.

"저희는 거기에 김 부사장님의 투구 영상을 올려놓았으면 합니다."

"네……? 저는 다저스 선수가 아닌데요?"

"김 부사장님이 어떤 분인지는 알고 있습니다. 우리 다저스엔 박찬호, 최희섭, 서재응이 있었고, 현재는 류현진 투수가 있지요. 아시다시피 우리는 LA에 있습니다. 많은 한국인이 살고 있는 도시입니다."

한국인이 많이 오니 남겨놓으면 어떻겠느냐는 의미인 듯싶다. 하지만 물어서 확인하진 않았다.

"……!"

"김 부사장님의 투구 동영상을 보았습니다. 그런데 아마추어가 찍어서 영상의 질이 좀 떨어집니다."

"저를 찍었어요?"

"네, 핸더슨이라고 더블A팀 소속 투수가 찍었습니다. 그런데 부사장님을 찍으려 한 게 아니라 엘리스의 재활훈련 장면을 찍으려던 겁니다. 오해하지 마십시오."

사전 동의 없이 촬영한 것이라는 뉘앙스를 줄 수 있기에 한 말이다.

"흐음! 그렇군요."

별로 대단한 일도 아니기에 현수는 가볍게 고개를 끄덕여 주었다.

"우리 구장엔 많은 한국인이 오갑니다. 김 부사장님의 투구 영상을 보관할 수 있는 영광을 주셨으면 합니다."

"에구, 영광이라고 하기엔 조금 그렇지요. 그나저나 저는 투구 폼도 제대로 모릅니다."

"그건 걱정 마십시오. 헨더슨이 친절하게 알려드릴 테니까요. 그런데 시간은 언제쯤 가능할까요?"

"으음, 저는 지금도 괜찮습니다."

마땅히 할 일이 없어 시간 죽이는 중이었다.

"아! 그래요? 그, 그럼 가시죠."

네드 콜레티 단장이 반색하며 자리에서 일어선다.

"그럼 그러죠."

LA 다저스에서 섭외한 곳은 마라카나(Maracana) 축구장이었다. 리우데자네이루엔 쓸 만한 야구장이 없어서란다.

그런데 규모가 어마어마하다.

25만 명이나 수용 가능하다고 한다. 참고로 잠실에 있는 올림픽주경기장의 수용 인원은 10만 명이다.

현재는 곧 있을 월드컵을 치르기 위한 마무리 공사 중이지만 특별히 양해를 얻었다고 한다.

"이쪽으로 오십시오."

축구장 골대 뒤쪽에 아직 잔디 작업이 마무리되지 않은 곳이 있다. 그곳에 투수판[Pitcher's plate]을 박아 넣는 작업이 진행되고 있다.

이것은 투수가 투구할 때 중심 발을 반드시 대야 하는 직사각형의 흰색 고무판이다.

내야의 중앙부에 솟은 마운드의 중심에 위치해 있다.

크기는 가로 61cm, 세로 15.2cm이며 홈플레이트로부터 맞은편 2루 쪽으로 18.44m 떨어진 곳에 있어야 한다.

현수는 라커룸에서 LA 다저스의 유니폼으로 갈아입은 상태이다. 백넘버는 00이며, HS—Kim이라는 이름이 새겨져 있다. 현수가 승낙할 것이라 예상하고 준비해 온 모양이다.

어떻게 알았는지 치수도 거의 맞는다.

촬영장비가 세팅되는 동안 현수는 핸더슨으로부터 투구 동작에 대한 강습을 받았다. 그립에 대한 설명도 들었다.

포심과 투심, 커터, 슬라이더, 그리고 싱커와 커브를 배웠다. 모든 투구를 촬영하되 가장 멋진 것으로 편집한다기에 여러 구질을 배운 것이다.

현수는 던진 공이 묘한 각도로 꺾이는 걸 보고 흥미를 느꼈다. 하여 조금씩 속력을 높여가며 공을 던졌다.

포수는 LA 다저스의 주전포수 AJ 엘리스가 맡았다.

휘이익―! 퍽억―!

"나이스 볼! 조금만 더 세게!"

현수가 던진 공을 되돌려 주며 엘리스가 외친 말이다. 오늘 엘리스는 단단히 무장하고 나왔다.

소형 겔 팩 여러 개와 상당히 많은 거즈이다.

현수의 강속구를 감당할 방법을 찾다가 꾀를 낸 것이다.

거즈로 싼 겔 팩을 미트 속에 넣으면 강속구를 받을 때 팩 속의 겔과 거즈가 1차 완충작용을 해준다.

힘이 너무 강하면 겔을 포장한 비닐이 터지면서 또 한 번 완충작용을 해줄 것이다. 그럴 경우 손과 미트에 겔이 묻기는 하겠지만 마른 수건으로 닦아내면 그만이다.

하여 여러 개의 미트와 겔 팩, 그리고 충분한 거즈를 준비한 상태이다.

현수는 핸더슨과 엘리스의 도움을 얻어 30개 정도의 공을 던졌다. 그랜드 마스터이자 희대의 천재답게 금방 투구 폼을 배우고 익혔다. 그러자 구속이 확실히 빨라진다.

어깨 힘이 아닌 온몸으로 던지기 시작한 때문이다.

'살살. 힘 조절, 힘 조절! 너무 세면 안 돼.'

현수는 마인드 컨트롤을 했다. 흥에 겨워 온 힘을 다해 공을 던지면 엘리스는 죽을 수도 있다.

시속 300㎞가 넘는 공은 흉기나 다름없기 때문이다. 하여 살짝 힘을 빼고 공을 던졌다.

쉐에엑! 퍼어억ㅡ!

"크윽! 자, 잠깐만!"

시속 160㎞를 훌쩍 넘기자 손바닥이 얼얼하다. 강한 회전이 걸린 돌직구가 너무도 위력적인 때문이다.

엘리스는 얼른 손을 비비곤 거즈로 싼 젤 팩을 넣었다.

"앞으로 열 개만 더 받아보고 촬영합시다. 우선 슬라이더부터 던져보세요."

엘리스의 말에 시선을 돌려보니 핸더슨은 슬라이더의 그립을 보여준다. 현수는 고개를 끄덕이곤 미트를 바라보았다.

마음속으로 다음과 같은 스트라이크 존을 그려놓았다.

$$A\ B\ C\ D$$
$$E\ F\ G\ H$$
$$J\ K\ L\ M$$
$$N\ O\ P\ Q$$

스트라이크 존은 16분할한 것이다.

이번에 던질 공의 궤적은 D보다 살짝 바깥 쪽 위로 향하는 직구처럼 가다가 홈플레이트 바로 앞에서 급격하게 N쪽으로 방향을 틀어 들어가야 한다고 생각했다.

"이잇!"

쒜에에엑! 퍼어억—!

"스, 스트라이크! 나이스 볼!"

엘리스는 초보자임에도 꺾이는 각도가 예리함에 깜짝 놀랐다. 류현진의 슬라이더보다도 낫다는 생각이 든다.

"다음은 투심을 던져보십시오."

"그러지요."

이번에도 핸더슨이 그립을 보여준다. 고개를 끄덕인 현수는 A로 향하던 공이 Q로 간다 생각하고 던졌다.

쒜에에에엑! 퍼억—!

"크으윽—!"

슬라이더보다 확실히 속도가 높아서 그런지 엘리스가 나직한 비명을 토한다.

손바닥을 몽둥이로 맞은 듯한 느낌이 든 때문이다.

주르륵—!

미트 속의 겔 팩이 터져서 흐른다. 이걸 닦아내고 다시 세팅하느라 잠시 시간이 걸렸다.

이런 식으로 투구 연습을 마친 현수는 여섯 대의 카메라 앞에서 공을 던졌다. 이 중 두 대는 초고속카메라이다.

쒜에엑! 퍼어억—!

"크아악―!"

주르르륵―!

네드 콜레티 단장은 스피드건에 찍힌 속력을 확인하고는 눈을 크게 뜬다.

방금 던진 투심의 구속은 183.7㎞/h였다.

인류가 단 한 번도 구경해 보지 못한 구속의 공을 현장에서 본 것이다.

엘리스는 손바닥을 흔들며 고통을 감내하고 있다. 젤 팩을 두 개나 넣었고 둘 다 터져 버렸는데도 아프다.

얼얼한 게 아니라 아픈 것이다.

고통스런 표정이지만 이제 남은 건 1구이다. 가장 빠른 포심, 이것만 받아내면 오늘의 촬영은 끝이다.

"으으! 괜히 그걸 보내서……."

핸더슨이 실수로 엔터키를 누르지 않았다면 오늘의 이 고통은 없었을 것이기에 중얼거린 말이다.

잠시 후, 엘리스는 다시 포구 자세를 취한다.

"자! 이번엔 포심입니다. 마지막이니 힘 좀 써보세요."

현수는 핸더슨이 보여주는 그림을 확인하곤 미트를 바라보았다.

"이번 공은 스트라이크 존의 한복판입니다."

현수는 자신이 던지고자 하는 공이 어디로 향할 건지를 이야기했다. 엘리스는 걱정 말고 던지라는 듯 고개를 끄덕인다.
현수는 천천히 와인드업을 했다.

그리곤 호흡을 고르고 목적지를 바라본 후 공을 던졌다.

쒜엑—! 퍼어어억—!

"크흐으으윽—!"

엘리스가 비명을 지르며 잡았던 공을 떨어뜨린다. 그와 동시에 두 개의 젤 팩이 터지면서 내용물이 밑으로 흐른다.

그러거나 말거나 네드 콜레티 단장은 스피드건의 숫자에 시선을 준다.

192.6km/h!

'허어! 사람인 거 맞아? 어떻게 이런 공을……?'

네드 콜레티 단장은 반대편에 서 있는 프런트에게 시선을 준다. 스피드건을 확인해 보았느냐는 뜻이다.

오늘의 현장을 촬영하기 위해 준비한 스피드건도 여섯 개다. 각각의 카메라엔 공을 던진 후 스피드건에 찍힌 숫자가 보이도록 세팅되어 있다.

프런트는 들고 있던 스케치북에 자신이 본 스피드건의 결과 수치를 써서 보여준다.

192.6km/h

동일한 결과이다. 둘 다 망가진 게 아니라면 이 수치는 진짜이다.

단장은 엘리스에게 다가가 고생 많았다고 말하는 현수를 바라본다. 마음 같아선 납치라도 하고 싶다.

다저스 홈구장 투수판 위에 꽁꽁 붙들어 매놓고 싶은 존재이다. 적어도 홈구장에선 단 한 번의 패배도 기록하지 않을 것이기 때문이다.

그러다 엘리스를 보았다. 여전히 고통스러워한다.

주전 포수가 저러니 다른 포수들은 어떠하겠는가!

단장은 고개를 설레설레 흔들었다. 가질 수 없는 투수라는 것을 이제야 인식한 것이다.

녹화를 마친 후 나와 보니 박찬호와 류현진으로부터 문자가 와 있다. 가급적이면 구단 측의 요청을 받아들여 줬으면 좋겠다는 내용이다.

벌써 다 찍었을 것이라곤 생각지 못한 모양이다.

저녁 식사는 구단에서 냈다. 현수는 연희를 동반하여 함께 식사를 했다.

현수가 돌아가자 단장이 묻는다.

"핸더슨, 자네가 보기에 투수로서 어땠어?"

"김 부사장이요? 에구, 말도 마세요. 야구를 처음 한다는데 거짓말 같았어요. 투구 동작이 몸에 쉽게 익는 게 아니라는 거 아시잖아요. 그런데 거의 교과서였어요. 제가 가르쳐 준 바로 그 자세로 던지더군요. 릴리스 포인트도 그랬구요. 그

사람은 운동도 천재예요, 천재!'

네드 콜레티 단장은 고개를 끄덕였다. 본인이 보기에도 현수의 투구 폼은 이상적이었다.

받은 사람은 어떨까 싶어 엘리스에게도 물었다.

"직접 공을 받아보니 어때?"

"으으! 진짜 죽을 뻔했어요. 손바닥뼈가 모조리 으스러지는 줄 알았다니까요. 특히 마지막 공은… 으으! 그건 생각하기도 싫어요. 너무 아팠어요."

엘리스는 현수의 마지막 공을 보지 못했다. 너무 빨랐기 때문이다. 던지나 보다 하는 순간 통증이 느껴졌다.

정말 뼈가 으스러졌을지도 모른다는 생각을 했을 정도로 아팠다.

겔 팩과 거즈를 준비하지 않았다면 무릎 부상이 아니라 손바닥 부상으로 오랫동안 고생했을 것이다.

"아주 객관적인 대답을 해줘. 그 친구, 투수로서 어때?"

"공은 엄청 빠르고 위력적이지요. 컨트롤도 수준급이에요. 아까 보셨잖아요. 말하는 대로 공이 들어오는 거."

"맞아요. 구속은 메이저리그 최고지요. 컨트롤도 그만하면 95점은 넘어요. 그런데도 제게 점수를 매기라면 전 빵점을 주겠어요."

"빵점? 구속도 좋고 컨트롤도 수준급인데?"

네드 콜레티 단장은 말에 어폐가 있지 않느냐는 표정이다. 이에 엘리스는 고개를 좌우로 저었다.

"한 경기를 치르려면 포수만 아홉 명이 있어야 해요. 그 친구는 포수 킬러라구요."

"아……!"

단장은 고개를 끄덕였다. 창은 뾰족한데 이를 받아줄 방패가 시원치 않다는 의미를 알아들은 것이다.

"그 영상 편집은 어떻게 할까?"

"제 생각엔 두 가지 버전으로 전시하면 좋겠어요."

"두 가지?"

"네, 처음 연습구를 던지기 시작한 것부터 모두 녹화했다고 했죠?"

"그래. 그거 찍은 친구가 다큐멘터리 전문이라 처음부터 끝까지 모두 다 녹화한 것도 있어."

하여 터진 겔 팩을 처리하는 것도 찍혀 있다. 공이 얼마나 위력적이었는지를 간접적으로 보여주는 장면이 될 것이다.

"그것과 편집본을 모두 전시하면 조작이니 뭐니 하는 얘기는 싹 사라질 거예요."

"…그렇군."

네드 콜레티 단장을 고개를 끄덕였다. 그리곤 현수를 영입하는 걸 깨끗이 포기했다. 대신 동영상 두 개를 얻었다.

스타디움에 전시하면 많은 사람이 와서 볼 것이다.

현수를 만나기 위해 전용기를 띄운 것부터 이곳에서 지불한 모든 비용을 감당하고도 남는 수입이 발생할 것이다.

복사본은 없고 유투브에도 올리지 않을 것이니 영원히 독점하는 영상이기 때문이다.

"흐흐! 방송국에서도 몸살을 앓겠군."

네드 콜레티 단장은 흡족한 미소를 지었다.

"기왕에 왔으니 내일은 코파카바나의 해변을 걸어보고 가야지."

현수 덕에 한바탕 몸살을 앓은 기분이지만 왠지 상큼한 느낌이다. 성과가 있었기 때문이다.

같은 시각, 식사를 마치고 객실로 돌아온 현수는 연희와 불타는 밤을 보냈다.

당연히 씰 마법과 사일런트 마법이 구현된 상태이다.

구본홍과 스테파니는 밤바다를 거닐며 밀어를 주고받는 사이로 진전되었다. 전혀 예상치 못한 기습적이면서도 낭만적인 이벤트로 프러포즈를 한 결과이다.

구본홍은 이를 위해 한국의 웹사이트를 섭렵했다. 각종 이벤트 중에서 가장 마음에 드는 걸 찾느라 그랬다.

이렇게 리우데자네이루에서의 마지막 밤이 지났다.

"이제 우리는 리우데자네이루 재개발 공사를 누가 주관할지에 관한 최종 결과를 발표할 것입니다."

잠시 말을 멈춘 세르지우 카브랄 리우데자네이루 주지사는 단상 옆으로 나와 객석에 앉아 있는 세계 유수의 건설사 임직원에게 정중히 허리를 숙인다.

그리곤 다시 단상으로 돌아가 마이크를 잡아당긴다.

"먼저 이 공사 수주를 위해 애써주신 여러 건설사 관계자 여러분들께 심심한 감사의 인사를 드립니다."

"……!"

모두들 대꾸 없이 고개만 끄덕인다. 지금은 인사치레가 중요한 것이 아니기 때문이다.

"저희는 이 공사를 누구에게 일임할 것인지를 결정하기 위해 50명의 전문가 집단으로 하여금 개별항목에 대한 점수를 매기라고 하였습니다. 전문가 집단에는……."

주지사는 누가 심사했는지 몇몇의 이름을 언급한다.

브라질 사람도 있지만 미국, 영국, 프랑스, 독일 등의 전문가와 저명한 교수도 다수 포함되어 있다.

권위도 있음을 알리려는 의도이다.

객석에 앉아 있는 건설사 사람들은 고개를 끄덕인다.

리우데자네이루 당국이 공정하게 심사했을 것이라는 걸 인정한다는 뜻이다.

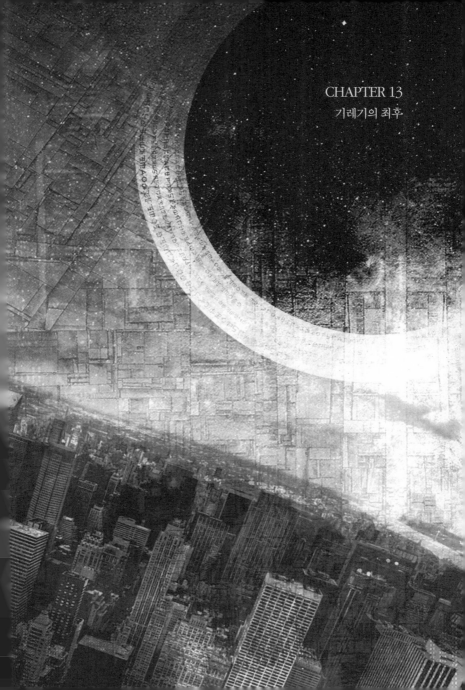

CHAPTER 13

기레기의 최후

"전문가 집단 이외에 저와 실무 책임자인 에두아르도 파에
스 리우데자네이루 시장 역시 심사에 참여하였습니다."

둘은 건축전문가가 아니다.

그렇기에 객석이 잠시 술렁인다. 둘이 주관적으로 매긴 점
수의 포션이 크면 결코 공정하다 할 수 없기 때문이다.

이에 주지사는 말을 이었다.

"전체 점수는 1,000점을 만점으로 기준하였고, 저희 둘이
매긴 점수는 각각 5점입니다."

지극히 주관적일 수 있는 점수가 1%였음을 고백한 것이다.

100점 만점으로 기준하면 1점을 추가할 수 있었다는 뜻이다. 이 정도면 큰 차이가 없을 것이다.

그래서 그런지 잠시 술렁이던 객석은 다시 긴장 상태로 돌입했다.

"저희는 프레젠테이션에 참가한 열 개 업체에 대한 최종 심사 결과……."

주지사는 잠시 말을 끊었다. 모두의 시선이 쏠리자 약간 부담스러웠기 때문이다.

이번 프레젠테이션을 위해 모든 업체가 상당히 많은 돈을 썼을 것이다. 자료를 수집하고, 계획 설계를 하는 등의 일만으로도 많은 시간과 돈이 소요되는 일이다.

그런데 발표를 하면 선정된 업체는 공사를 수주하는 것이니 상관없지만 나머지 아홉 개 업체는 손가락만 빨고 있어야 한다. 그렇기에 이미 결정된 사항이지만 쉽게 발표하지 못하고 있는 것이다.

그래도 어떻게 하겠는가!

모두들 발표를 기다리고 있다. 문밖엔 세계 각국에서 온 기자들이 대기하고 있다. 자국 업체가 공사를 수주할 경우 큰 뉴스가 되기 때문이다.

주지사는 다시 한 번 객석을 둘러본 후 준비된 원고에 시선을 주었다.

"저희 리우데자네이루 재개발 공사는… 한국의 천지건설이 맡는 것으로 결정하였습니다. 프레젠테이션에 참여해 주신 모든 분께 다시 한 번 심심한 감사의 뜻을 표합니다."

"와아아아!"

현수와 최규찬 부장, 박진영 과장, 강연희 과장, 구본홍 대리, 유민우 대리는 환호성을 터뜨렸다.

반면 나머지 아홉 개 업체의 임직원들은 침통한 표정을 짓고 있다. 내심 수주 가능성을 높게 잡고 있었던 듯하다.

주지사가 물러나자 에두아르도 파에스 시장이 마이크 앞에 선다.

"원하시는 업체에 한하여 어떻게 심사가 이루어졌는지에 대한 과정과 결과를 공개해 드릴 수 있습니다. 감사합니다."

말을 마친 시장 역시 자리를 떴다. 이제부터 곤혹스런 시간이 될 수도 있기 때문이다.

"축하합니다, 천지건설!"

시선을 돌려보니 벡텔의 부사장이 바라보고 있다.

"감사합니다. 애쓰셨습니다."

"우리도 축하해요."

이번에 손을 내민 사내는 독일의 호흐티에프(HOCHTIEF AG)사의 전무이사이다.

"감사합니다."

승자가 패자에게 무어라 위로를 하겠는가! 하여 고맙다는 뜻으로 고개만 정중히 숙였다.

그런데 잡은 손을 놓지 않는다.

"이번 월드컵 출전을 포기했다는 소문 들었습니다."

"아, 네. 제가 너무 바빠서요."

현수의 대답을 들은 독일인은 싱긋 미소 짓는다.

"덕분에 독일이 우승할 확률이 높아졌습니다."

이 말은 진심이다. 현수가 출전하면 우승할 수 없다는 것이 독일 축구계의 분석이었던 것이다.

"그런가요?"

"나도 고맙습니다. 이번엔 독일이 우승할 겁니다."

이 대목에서 뭐라 하겠는가! 현수는 환히 웃어주었다.

"아, 네. 좋은 결과 있길 바랍니다."

벌컥―!

팍, 팍, 파파파팍!

현수가 회의실 문을 열고 나가자 기다렸다는 듯 일제히 플래시를 터뜨린다.

"S일보 김철호 기자입니다. 이번 공사를 수주하였는데 소감이 어떠신지요?"

"K신문 강인환입니다. 공사 수주 금액은 얼마인지요?"

"SBC방송 이다혜 기자입니다. 이번에도 김현수 부사장님의 공이 가장 컸던 겁니까?"

"H일보 황창현입니다. 공사는 언제부터 시작됩니까?"

……

문을 열자마다 빛의 세례를 안기더니 그다음엔 막무가내로 질문 공세를 퍼붓는다.

누군가의 질문에 대한 답변을 듣고 그다음에 질문을 하는 게 아니라 자신이 궁금한 것을 먼저 대답해 달라는 듯 그야말로 아우성이다.

시선을 돌려보니 다른 나라 기자들은 덜하다. 물론 공사 수주에 실패했으니 뉴스라 할 것도 없어 그런지는 모른다.

아무튼 현수는 기자들의 난리법석에 슬쩍 화가 났다. 상대에 대한 예의라곤 찾아볼 수 없기 때문이다.

현수는 한국에 있는 동안 신갑제라는 기자를 고소했다.

직접 고소장을 제출한 건 아니다. 이실리프 그룹 고문변호사인 주효진 변호사가 그 일을 맡았다.

아무튼 명예훼손을 당했으니 고소는 당연한 일이다.

그런데 현수만 고소를 한 게 아니라 예카테리나 일리치 브레즈네프 역시 고소장을 제출했다.

해당 신문사를 상대로 정정보도 및 손해배상 청구소송을 진행한 것이다.

그런데 손해배상 청구 금액이 어마어마하다.

현수는 기자와 언론사 모두에게 각각 1,000억 원씩 배상하라고 했다. 러시아 대통령이 임명한 수교국 전체에 대한 국제협력담당 특임대사의 명예가 심각하게 훼손되었으니 과한 액수라 아니라는 생각했다.

테리나는 이들에게 각각 100억 원씩을 요구했다. 그러면서 증조부가 누군지를 밝혔다.

브레즈네프 전 공산당 서기장의 이름이 나오자 언론사와 신갑제는 당황하지 않을 수 없었다.

러시아를 의식하지 않을 수 없기 때문이다.

아무튼 재판 결과에 따라 기레기 신갑제는 알거지가 되고, 해당 언론사는 폭삭 망하게 될 것이다.

있지도 않은 사실을 그럴듯하게 각색하거나 침소봉대 내지는 '경악!', '충격!' 이따위 제목으로 사람들을 현혹시키는 언론사는 퇴출이 정답이기 때문이다.

게다가 이실리프 그룹의 계열사 전부는 물론이고 거래 업체까지 총동원하여 해당 언론사의 광고를 끊었다.

현수가 몸담고 있는 천지건설을 비롯하여 천지그룹 계열사 전체와 백두그룹 전체, 그리고 태백그룹 전체와 거래 업체들도 이 운동에 동참했다.

그 결과 해당 언론사의 광고는 기존의 10분의 1 이하로 줄어들었다. 아마도 직원들 월급도 주기 힘든 상태일 것이다.

이는 현수가 시켜서 한 일이 아니다. 임직원 전부가 분개하여 자발적으로 일어났다.

천지그룹과 백두그룹, 그리고 태백그룹은 현수와의 관계를 고려하여 동참한 것이다. 화들짝 놀란 언론사에서 화해하자는 연락을 취했지만 어림도 없다.

여론도 전혀 동정적이지 않으니 신갑제와 해당 언론사는 이제 철퇴를 맞을 일만 남았다.

그러는 동안 이실리프 신문사와 방송사를 준비했다.

쓰레기 언론사와 달리 사실 그대로를 보도하는 교과서적인 신문사와 방송사 설립이 발족 목적이다.

정권과 관계없이 한쪽으로 치우침 없는 보도를 하는 한편 그에 대한 적절한 해결책을 제시하게 될 것이다.

두 회사의 대표는 저명한 경제학자인 시민운동가와 존경받는 인권변호사가 맡았다. 현수는 고문을 맡았다.

대한민국 국민이지만 러시아 대통령이 임명한 국제협력담당 특임대사이니 정권이나 검찰이 불편부당한 압력 따위를 넣을 수 없는 존재이기에 끼워 넣은 것이다.

어쨌든 한국은 기레기가 너무도 많다. 아주 많이 정리해서 사회의 쓴맛을 보여줘야 한다.

오늘 이곳에 온 사람들 가운데에도 그런 자들이 섞여 있는 것 같다. 하여 현수는 살짝 이맛살을 찌푸렸다.

"이렇게 한꺼번에 물어보시면 대답할 수 없습니다. 지금은 저희도 본사와 연락하여야 하니 질문지를 주십시오. 시간 내서 답변해 드리겠습니다."

현수는 카리스마 넘치는 표정으로 대답하곤 곧장 객실로 향했다. 방금 말한 대로 본사에 연락해 줘야 하기 때문이다.

기자들은 벙찐 표정으로 현수와 일행의 뒷모습을 보아야 했다.

"네, 천지건설입니다."

"어라? 조인경 대리님 안 계십니까?"

"아! 조 대리님은 현재 신혼여행 중이십니다. 저는 천지건설 사장 비서실의 김연경입니다. 누구시죠?"

"참, 그렇군요. 저는 김현수 부사장입니다."

"아! 네, 부사장님. 어떻게 되었습니까?"

저도 모르게 물은 말이다.

그럼에도 어느 누구도 지적하지 않는다. 그저 전화를 받고 있는 김연경의 얼굴만 바라보고 있다.

리우데자네이루 공사를 수주할 경우 천지건설의 위상은 가일층 올라갈 것이기 때문이다.

"김 비서님, 사장님께 먼저 보고드려야 할 것 같습니다. 기다리고 계시죠?"

"아! 죄송합니다. 잠시만요."

평상시 같으면 버튼을 눌러 현수에게서 전화 왔다고 했을 것이다. 그런데 지금은 아니다.

김연경 비서는 수화기를 내려놓고는 종종걸음으로 사장실 문을 열었다.

"사장님, 리우에 가신 부사장님 전화 와 있습니다."

"아, 그래?"

신형섭 사장 역시 오늘의 결과를 고대하고 있었다.

수주했다는 낭보를 기다리며 아침 식사도 제대로 하지 못했다. 긴장한 때문이다.

이는 신형섭 사장만 그런 게 아니다.

천지건설 본사 직원 전부가 조마조마한 심정으로 리우에서의 연락을 기다리고 있다.

연말에 지급되는 성과급은 물론이고 여름휴가비 자체가 달라질 것이기 때문이다.

"어, 그래, 김 부사장, 나 신형섭이네."

"네, 사장님!"

"어, 어떻게 되었나?"

"그게 말입니다."

현수는 일부러 말꼬리를 낮추고 말을 끊었다.

"…꿀꺽!"

신 시장은 과도하게 긴장한 듯 침 삼키는 소리를 낸다. 이 때 현수의 음성이 이어진다.

"아쉽게도……."

"아쉽게도? 그럼……?"

신 사장은 맥이 탁 풀리는 느낌이다.

현수를 믿었다. 그래서 이번에도 기적처럼 재개발 공사를 수주해 올 것이라 생각했다.

천지건설 이창진 회장의 부인 박금순 여사의 친동생인 박 준태 전무와의 파워게임은 이미 끝났다.

원 사이드하게 신 사장의 승리이다.

그렇기에 박 전무는 이전처럼 도전적이지 않다. 상호 협력 하여 회사의 능력[Capacity]을 키우는 데 주력하고 있다.

그런데 은근히 이연서 회장의 아들인 이창진 회장과의 파 워게임 양상이 되어버렸다.

둘의 임무는 분담되어 있었다.

이창진 회장은 자금 쪽을 담당하고, 신형섭 사장은 공사 관 리 및 수주 쪽이다.

이전 같으면 금융권으로부터 부동산 프로젝트 파이낸싱을 받아야 했다. 박준태 전무가 이곳저곳에 너무 많이 아파트 건 설을 벌여놓은 때문이다.

이에 대한 담보제공 등은 이창진 회장이 맡았다.

그런데 지금은 국내 건설부문이 확연히 줄어 있다. 대신 해외 건설부문은 감당하기 힘들 정도로 늘었다.

하여 국내 아파트 건설에 속해 있던 인력이 대거 해외공사 쪽으로 자리를 옮겼다.

부동산 프로젝트 파이낸싱으로 수행되었던 공사는 하나둘 완공되어 가고, 분양 침체기에도 천지건설의 아파트들은 절찬리에 팔려나가 자금상환에 문제가 없다.

해외 건설부문에서 들어오는 공사대금은 원자재인 경우가 많은데 들여오는 즉시 팔려나가 현금화되고 있다.

이에 이연서 회장은 천지건설의 체질 개선을 요구했다. 부채 비율을 낮추라는 것이다.

해외 건설부문에서 들어온 돈으로 금융권 대출을 갚다 보니 슬그머니 이창진 회장의 업무가 줄어들었다.

반면 신형섭 사장은 계속된 해외 공사수주로 점점 일이 많아지고 있다. 하여 사장 비서실 인원이 대폭 늘어났다.

이연서 회장도 자주 들러 신 사장에게 힘을 실어주고 있다. 그러니 파워게임 양상이 된 것이다.

만일 오늘 또 하나의 거대 공사가 수주되면 이창진 회장이 물러나는 대신 신형섭이 회장으로 올라갈 수도 있다.

위계질서를 중시하는 이연서 회장 때문이다.

현수가 또 한 번 공을 세운다면 진급을 시켜야 하는데 신형섭보다 높일 수는 없다.

부사장 바로 위가 사장이니 신 사장을 부회장으로 진급시키고 현수를 사장에 임명할 수도 있을 것이다.

이럴 경우 신 부회장은 실무에서 배제된다. 이건 정열적으로 일하고 있는 신 사장의 기를 꺾는 일이다.

현수는 사장 자리를 수행할 시간적 여유가 없다. 자신이 보유한 이실리프 그룹사도 관리해야 하기 때문이다.

그렇다면 남은 건 하나이다.

이창진 회장을 다른 계열사 회장으로 발령내고, 신 사장을 그 자리에 앉히는 것이다. 그리고 비교적 시간이 널널한 부회장 자리에 현수를 앉히면 모든 것이 순조롭다.

신 사장이 회장이 되면 천지건설은 최고경영자가 확실히 챙기는 기업이 되니 이연서 회장 입장에선 이 카드가 아주 쓸 만하다.

그러려면 현수가 공사를 수주해야 한다. 그런데 대답이 이 상하니 신 사장의 맥이 풀린 것이다.

사실 기대가 컸기에 실망도 크다. 하여 축 늘어지려는데 다시 현수의 음성이 이어진다.

"네, 아쉽게도 이번 리우데자네이루 재개발 공사는 우리 천지건설이……."

"그럼 다른 데가 되었나? 어디? 벡텔? 아님 호흐티에프? 우리보다 서열이 낮은 회사가 된 건 아니지?"

신 사장은 수주를 포기했다. 다만 천지건설보다 못한 회사가 수주하지 않았기를 바랄 뿐이다.

적어도 변경할 거리는 생기기 때문이다.

"당연히 아니죠. 아쉽게도 우리 회사가 이번 공사를 수주했으니까요."

"뭐, 뭐라고?"

"이 공사, 우리가 수주했다구요."

"정말? 리얼리? 진짜야?"

"하하! 네."

"하하! 하하하! 하하하하! 만세! 만세! 만세!"

신 사장은 전화기를 들고 만세삼창을 했다. 입구에서 신 사장을 보고 있던 김 비서의 얼굴에 웃음이 번진다.

수주를 못한 줄 알고 다소 굳어 있던 얼굴이다.

문밖의 비서실 직원들도 신 사장의 만세삼창을 들었다. 그것이 무엇을 의미하는지 모르는 사람은 아무도 없다.

곧 사장 비서실 키폰이 모두 들렸다. 천지건설 전 직원에게 낭보가 퍼지는 데 걸린 시간은 불과 3분이다.

"만세! 만세! 만세! 으하하하!"

천지건설 본사 빌딩 전체에서 울려 퍼지는 만세 소리에 지나치던 행인이 고개를 갸웃거린다. 오늘은 한일전 축구경기가 벌어지는 날도 아니기 때문이다.

"뭐지? 왜들 저래? 단체로 어떻게 됐나?"

행인은 고개를 갸웃거리며 가던 길을 간다. 이 순간 인터넷에 속보가 전해졌다.

천지건설이 전 세계 유수의 건설사를 모두 제치고 리우데자네이루 재개발 공사를 턴키베이스로 수주했다는 것이다.

자세한 내용은 아직 모르기에 일단 제목만 올린 것이다.

사람들은 이 공사의 규모 등이 어떤가 싶어 고개를 갸웃거린다. 그러다 이번 프로젝트의 총책임자가 김현수라는 기사를 보고는 눈빛을 빛낸다.

최하 수십억 달러짜리 공사라는 것을 눈치챈 결과이다.

현수는 '기적의 사나이' 라는 닉네임을 추가로 얻었다.

시간이 조금 더 흘렀다. 그리고 인터넷은 천지건설이 새롭게 수주한 공사에 관한 기사로 도배되었다.

천지건설, 새로운 신화를 쓰다!

168㎢에 달하는 리우데자네이루 재개발 공사 수주.

총 공사비 1,550억 8,000만 달러(186조 1천억 원)짜리 초대형 공사 수주.

유사 이래 최대 규모!

2014년 국토부 해외공사 수주 목표 700억 달러를 단숨에 두 배 이상 초과 달성!

수훈갑은 이번에도 김현수 부사장!

월드컵 출전은 포기!

곧 천지건설 사장으로 진급할 듯!

누가 이 사나이를 막을 수 있을까?

거침없는 수주기관차!

대한민국 최고의 영업사원 김현수!

인터넷엔 온갖 기사와 루머로 도배되었다.

같은 순간, 러시아, 알제리, 벨기에에선 깊은 밤임에도 환호성이 터져 나온다.

현수가 출전하지 않겠다는 뉴스가 특보로 전해진 것이다. 깊은 밤이지만 금방 잔칫집 분위기로 떠들썩해진다.

이들 세 나라만 그런 게 아니다.

독일, 영국, 프랑스, 스페인, 이탈리아, 네덜란드, 아르헨티나 등도 환호 일색이다.

축구의 신이 뛰는 경기를 보지 못하는 아쉬움은 있지만 자국이 우승할 확률이 높아졌기 때문이다.

반면, 탄식을 터뜨리는 사람도 있다.

KFC 기술이사 중 하나이다.

"으으! 안 되는데. 월드컵을 들어볼 절호의 찬스였는데…… 으으! 나 때문에…… 어쩌지?"

머리를 쥐어뜯는 이는 현수에게 무례를 범한 기술이사이다. 자신 때문이라 오인하고 있다.

"제엔장! 제에에엔장!"

투덜거리는 이는 이번 월드컵에 우승할 것이라 생각하고 브라질 월드컵 티켓을 산 사람이다.

현수가 뛰는 경기를 보려고 산 것이다. 친구들이 모두 부러워했는데 이젠 가야 하나 말아야 하나 고민할 판이다.

같은 순간, 현수와 일행은 제트기를 타고 귀국하는 중이다. 최규찬 부장, 박진영 과장 등 모두가 곯아떨어져 있다.

파티를 한 때문이기도 하고 현수가 딥 슬립 마법을 건 때문이기도 하다.

"결혼식은 잘 치러졌대?"

지난 5월 5일 한창호 건축사는 천지건설 사장 비서실 조인경 대리와 백년가약을 맺었다.

같은 시각, 같은 장소에서 태백조선소 신조선박 수주상담부 부장 강전호는 CMA 오머런 세바스티앙 부회장의 비서 베아트리체 바네사와 결혼식을 올렸다.

결혼식장은 현수의 양평 저택이었고, 주례는 천지그룹 이연서 그룹 회장이 맡았다.

저택의 정원은 두 쌍의 부부가 결혼식을 올리기에 충분하고도 남는 공간이기에 아주 성대하게 치러졌다.

현재 두 부부는 신혼여행 중이다.

민주영과 이은정이 그랬던 것처럼 킨샤사 저택과 모스크바 저택, 그리고 융프라우의 별장으로 갔다.

이번 결혼식에 아폰테 사장은 본인의 자가용 제트기를 제공해 주었다. 현수의 부탁을 들어준 것이다.

"네, 자기가 없어서 섭섭했다고는 해요."

"세바스티앙 부회장이랑 아폰테 사장님은?"

"빈관에 머무신대요. 자기 오면 보고 간다고."

"그래? 그럼 귀국하는 즉시 집으로 가야겠네."

"네, 가요. 우리의 집으로."

『전능의 팔찌』 45권에 계속…

데일리 히어로

FUSION FANTASTIC STORY

인기영 장편 소설

지금까지 이런 영웅은 없었다!

『데일리 히어로』

꿈과 이상을 가진 평.범.한. 고딩 유지웅.
하지만……
현실은 '빵 셔틀' 일 뿐.

그러던 어느 날, 유지웅의 앞에 나타난 고양이.
그(?)로 인해 모든 것이 바뀌었다.

선행! 선행! 그리고 또 선행!

데일리 히어로 유지웅의 선행 쌓기 프로젝트!

Book Publishing CHUNGEORAM

유행이 아닌 자유추구 -
WWW. chungeoram.com

내일을 향해 쏴라

김형석 장편 소설

FUSION FANTASTIC STORY

1만 시간의 법칙!
'성공은 1만 시간의 노력이 만든다' 는 뜻이다.

그러나…
사회복지학과 복학생 수.
전공 실습으로 나간 호스피스 병동에서
미지와 조우하다.

1만 시간의 법칙?
아니, 1분의 법칙!

전무후무한 능력이 수에게 강림하다!
맨주먹 하나로 시작한 수의
인생역전이 시작된다!

유행이 아닌 자유추구 -
WWW.chungeoram.com

네르가시아 장편 소설
FUSION FANTASTIC STORY

THE MODERN
MAGICAL
SCHOLAR

현대 마도학자

나르서스 제국의 전쟁영웅이자
마나코어를 개발한 천재 마도학자 카미엘!

그러나 제국의 부흥을 위한 재물이 되어
숙청당하는데……

『현대 마도학자』

죽음 끝에 주어진 또 다른 삶.
그러나 그에게 남겨진 것은 작은 고물상이 전부였다.

더 이상의 밑은 없다!
마도학자의 현대 성공기가 시작된다!

즐거운
인생

미더라 장편 소설
FUSION FANTASTIC STORY
A Bittersweet Life

삶의 의욕을 모두 잃은 주혁.
어느 날 녹이 슨 금속 상자를 얻는데……

"분명 어제도 3월 6일이었는데?"

동전을 넣고 당기면 나온 숫자만큼 하루가 반복된다!

포기했던 배우의 꿈을 향해 다시금 시작된 발돋움.
눈앞에 펼쳐진 새로운 미래.

과연 그는 목표를 이루고
인생을 바꿀 수 있을 것인가!

Book Publishing CHUNGEORAM

The Record of Dragon's Return

재중 귀환록

푸른 하늘 장편 소설
FUSION FANTASTIC STORY

『현중 귀환록』, 『바벨의 탑』의
푸른 하늘 신작!
이계를 평정한 위대한 영웅이 돌아왔다!

어느 날 갑자기 찾아온 부모님의 죽음.
그리고 여동생과의 생이별.
모든 것을 감당하기에 재중은 너무 어렸다.
삶에 지쳐 모든 것을 포기할 때, 이계에서 찾아온 유혹.

"여동생을 찾을 힘을 주겠어요.
…대신 나를 도와주세요."

**자랑스러운 오빠가 되기 위해!
행복한 삶을 위해!**

위대한 영웅의
평범한(?) 현대 적응이 시작된다!

Book Publishing CHUNGEORAM

유행이 아닌 자유추구 -
WWW.chungeoram.com

용마검전

FANTASY FRONTIER SPIRIT

김재한 판타지 장편 소설

「폭염의 용제」, 「성운을 먹는 자」의 작가 김재한!
또다시 새로운 신화를 완성하다!

『용마검전』

사악한 용마족의 왕 아테인을 쓰러뜨리고
용마전쟁을 끝낸 용사 아젤!

그러나 그 대가로 받은 것은 죽음에 이르는 저주.
아젤은 저주를 풀기 위해 기나긴 잠에 빠져든다.

그로부터 220년 후……

긴 잠에서 깨어난 아젤이 본 것은
인간과 용마족이 더불어 살아가는 새로운 세상이었다.

Book Publishing CHUNGEORAM

유료이 아닌 자유추구 -
WWW.chungeoram.com

절대호위 1 2

문용신 新무협 판타지 소설

FANTASTIC ORIENTAL HEROES

한량 아버지를 뒷바라지하며
호시탐탐 가출을 꿈꾸던 궁외수.

어린 시절 이어진 인연은
그를 세상 밖으로 이끄는데……

"내가 정혼녀 하나 못 지킬 것처럼 보여?"

글자조차 모르는 까막눈이지만,
하늘이 내린 재능과 악마의 심장은
전 무림이 그를 주목하게 한다.

"이 시간 이후 당신에겐 위협 따윈 없는 거요."

무림에 무서운 놈이 나타났다!

Book Publishing CHUNGEORAM

유행이 아닌 자유추구─
WWW.chungeoram.com